英雄的画坪

修水县文化广电新闻出版旅游局　编

江西高校出版社

图书在版编目(CIP)数据

英雄的画坪/修水县文化广电新闻出版旅游局编. --南昌:江西高校出版社,2023.11(2025.1重印)
ISBN 978-7-5762-4305-5

Ⅰ. ①英… Ⅱ. ①修… Ⅲ. ①革命故事—作品集—中国—当代 Ⅳ. ①I247.81

中国国家版本馆CIP数据核字(2023)第213446号

出版发行	江西高校出版社
社址	江西省南昌市洪都北大道96号
总编室电话	(0791)88504319
销售电话	(0791)88522516
网址	www.juacp.com
印刷	固安兰星球彩色印刷有限公司
经销	全国新华书店
开本	787mm×1092mm 1/16
印张	11
字数	151千字
版次	2023年11月第1版 2025年1月第2次印刷
书号	ISBN 978-7-5762-4305-5
定价	68.00元

赣版权登字-07-2023-815

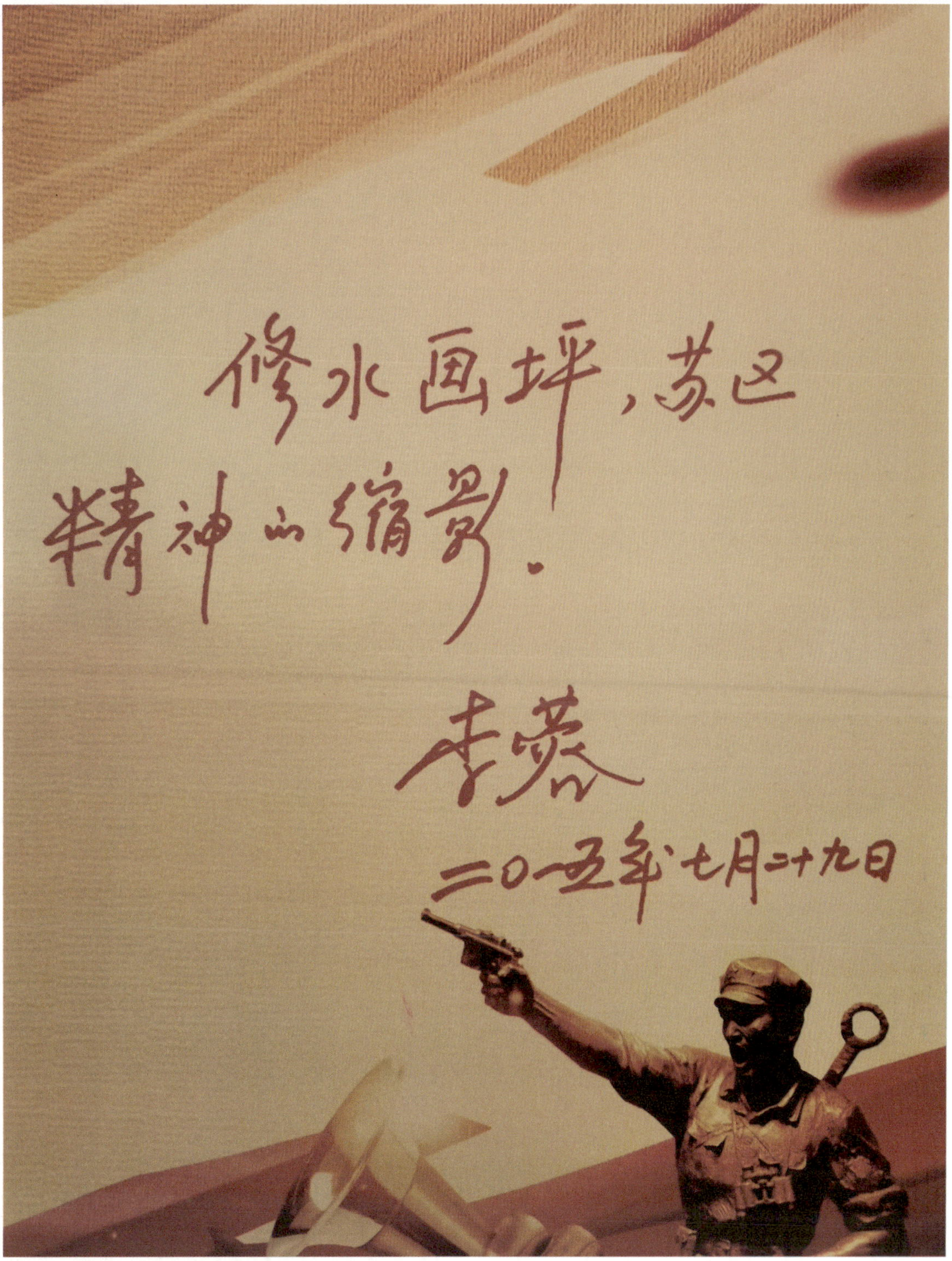
修水画坪，苏区
精神的缩影。
李蓉
二〇一五年七月二十九日

△ 画坪远眺

△ 首届湘鄂赣苏区论坛于2010年9月15日至17日在湘鄂赣苏区中心县——江西省修水县举行，论坛由江西省委党史研究室、湖南省委党史研究室和湖北省委党史研究室主办，九江市史志办及修水县委、县政府承办，以“湘鄂赣苏区的形成和发展”为主题。

首届论坛通过了《修水宣言》，明确了论坛的使命在于继承苏区革命传统、弘扬苏区精神，交流学术研究成果和经济发展经验，加强边际合作，促进共同繁荣，同时确定每两年举办一次“湘鄂赣苏区论坛”。来自全国各地的党史专家、湘鄂赣苏区元勋后代和湘鄂赣三省党史研究部门负责人共计130多人参加了论坛。

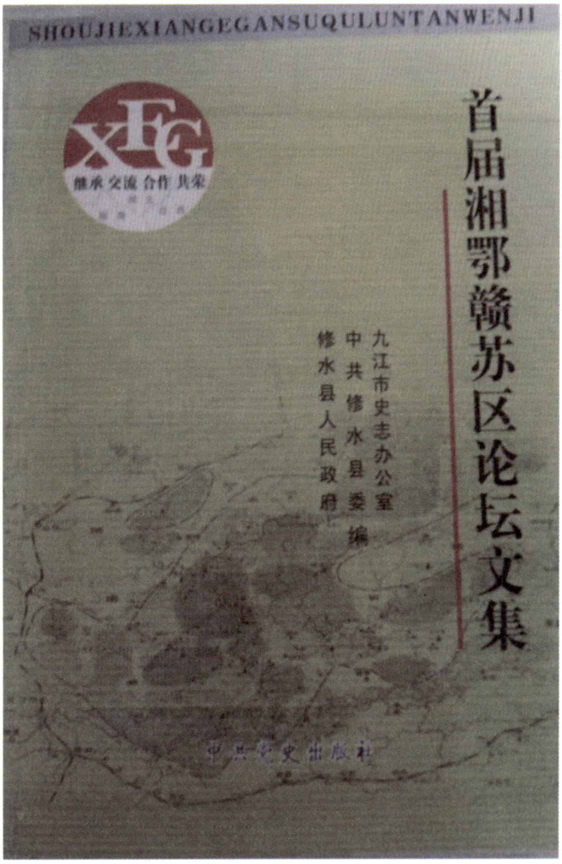

▷ 2012年中共党史出版社出版发行《首届湘鄂赣苏区论坛文集》，选录论文40篇。

忆湘鄂赣

吴咏湘

巍巍幕阜山，滔滔修水江。
誓为工农求解放，
红色健儿，十年奋战，驰骋沙场。
野火烧不尽，春风吹又长。
笑蒋贼损兵折将，“围剿”梦一场。
英雄湘鄂赣，红旗迎风扬。

烈士家书

甘特吾

不畏敌人凶，怕死不革命。
献出全家血，要换全国红。

湘鄂赣边民谣

修水老表好大胆，
锤直啄钩就造反。

致敬英雄画坪

杨丛林

修水画坪，地处鄂赣边界，土地革命战争时期的画坪苏区包括现在古市镇的画坪、苏区两村，全丰镇老苏区村(嶆里)部分，路口乡莵萝村部分，渣津镇福星村(石头坑)部分，总面积100多平方千米。画坪东抵大椿、杨津、渣津步坑，出溪口、马坳；西接全丰塘城坳、上源，出白岭连湖北通城；南邻东山、汪坪、仙桥，出石坳、大桥、东港；北靠雨水尖，连湖北崇阳的大湖山。境内山高岭峻，森林茂密。

画坪是中共修水地方组织早期的活动地之一，早在1926年就成立了画坪农民协会。1927年，中共画坪小组成立，樊梅生担任农协主席、党小组组长；成立画坪农民义勇队，桂清林任队长。同年，中共负责人吴凯旋(吴海贤化名)根据党的指示在画坪黄土铺建立秘密交通站，一直正常运转到1949年新中国成立。其中，第一任站长为冷郭仪，新中国成立后于1954年至1955年任修水县人民政府县长。

画坪是土地革命的早期实施地之一。1927年8月26日，画坪农协成员参加第二次西乡农民暴动后，将画坪黄土咀地主胡水太的契约与条据烧毁，打开粮仓把粮食分给了农民。崇(阳)通(城)农民自卫军在麦市被国民党军和地主武装打散，其中一部黎明前突围来到全丰嶆里，画坪干部群众主动护送他们到路口乡与农民自卫军主力会合，去参加秋收起义。

1930 年，画坪乡苏维埃红色政权、画坪乡赤卫队建立，正式开展“打土豪、分田地”的土地革命。不久，商会、妇联会、互救会、少工委等成立。画坪党员干部群众主动承担起护送李灿、何长工率领的红五军第五纵队到崇阳找地方党组织开辟鄂东南根据地的任务，主动参与中共修水县委组织的配合红军两次攻打修水县城的战斗、两次攻打长沙的战斗，帮助运粮、运军火，积极开展支援前线与拥红扩红等革命活动。

画坪是湘鄂赣苏区第四次、第五次反“围剿”斗争的指挥中心。1931 年 11 月，修水中心县委（下辖修水、武宁、铜鼓、宜丰、通城五县和天岳关区）、县苏维埃政府从渣津迁至画坪大咀上。1932 年 10 月，因修水苏区被国民党军分割，修水中心县委撤销，恢复修水县委。

1934 年 5 月至 6 月，中共湘鄂赣省委、省苏维埃政府、省军区机关，在画坪坪上驻扎近 2 个月。其间，县委组织地方游击队、县保卫大队与当地群众参与反“围剿”大小战斗几十次，其中较大的有 4 次，分别是崖前洞战斗、田家湾战斗、枫篷坑战斗和画坪突围战。

1933 年 2 月 13 日，修水县苏维埃政府主席樊明德率县保卫大队与画坪游击队至崖前洞，阻击国民党军第五十师一个团于崖前洞以西，歼敌 20 余人，为红三师在周家坳伏击敌二十六师创造了有利条件。这次战斗，红三师大获全胜，歼敌 300 多人。

1933 年 5 月 2 日，修水县苏维埃政府副主席戴和生率领第七区(经邦区)游击队、赤卫队协助红七师利用全丰田家湾有利地形,对进犯塘城坳的国民党军新编第十师、太清与通城两股团匪迂回包围,激战两个小时,歼敌100多人,缴获机枪2挺、步枪200多支,成功保卫了画坪苏区的西大门塘城坳。

1934年3月8日,中共修水县委书记樊明德率县保卫大队与东南乡游击队在前官家岭枫篷坑设防,阻击国民党军第二十六师于桃峰山脚下,为红十七师在桃峰山下突围、山上休整提供了军事支援与后勤保障。

1934年6月,县委、县苏维埃政府率领地方武装和画坪群众协助红十六师掩护省委机关突围,小孩站岗放哨,老人送饭、送情报,妇女做饭、洗衣服、照顾伤员,壮年人挑粮、运货、运子弹上战场,为前线提供了情报、后勤以及军事上的支援。

画坪是我党优良传统的探索、实践、发展地之一。修水县委驻此期间,创办红色小学7所,校址先后设立在老屋场、脚鱼塝、三圣侯王殿、官家岭等地,有的叫列宁小学,有的叫耕读学校,教师人数很少,轮流到各校上课,红十六师师长高咏生的夫人李训贤就是红色小学的教师;开办商铺两个,分别在画坪桥头、大咀上;开办小港金矿一个;拓宽道路将近100千米;在东山至古源无人区的交通要道上修建休息亭3个,分别是鲁家亭、关坳亭、望梅亭;与红十六师一起在画坪河道上建红军桥一座,为画坪人民解渡河之难,至今桥墩清晰可辨;创办了医院一所,即半山医院。县委、县苏维埃政府为群众办了许多实事,探索和实践了一切从实际出发与全心全意为人民服务的党的优良作风。

1934年6月上旬,红十六师师长高咏生率四十六团从画坪向西突围,诱敌西移成功。由于激战中伤亡惨重,高咏生牺牲。

1934年6月7日,陈寿昌率省级机关人员从画坪向东突围,红十六师四十七团在外围接应,四十八团在画坪东南面阻敌五十师,掩护省级机关突围到鄂东南与四十七团会合。此次突围,四十八团战至只剩下几十人。后来,鄂东南根据地的地方武装充实到红十六师中,并由傅秋涛兼任师长,再经武宁、龙门山区,于7月底转战到平江黄金洞。突围后,红十六师严重减员,仅剩不到一个营的兵力,大部分领导干部在突围中牺牲。

画坪失守后,人民群众承受着国民党反动派最残暴的"清剿"。1934年6月下旬,中共赣北特委委员甘特吾与县、乡苏区干部李训贤、丁金魁、王继员、桂清林等相继被捕牺牲。

我党我军许多著名领导人在画坪这块红土地上战斗过:有工农革命军第一军第一师参谋处参谋何长工、红十六军第七师团政委江渭清、湘鄂赣省苏维埃政府委员谭启龙、湘鄂赣省委保卫大队大队长邓洪等,有红十七师师长萧克、红十七师参谋长李达、中共湘鄂赣省委副书记傅秋涛、省军区政治部主任钟期光、红十六师四十八团团长张藩、红十七师五十团总支书记江勇为、少共湘鄂赣省委书记刘玉堂、红十六师营长吴咏湘、红十六师连指导员王义勋等开国将军,有中共湘鄂赣省委书记陈寿昌、省苏维埃政府主席何振吾、省军区参谋长严图阁、红十六师师长高咏生、少共湘鄂赣省委组织部部长黎申庚、赣北特委委员甘特吾、湘鄂赣省委委员樊明德等英烈。

图为1934年中共湘鄂赣省委、省苏维埃政府、省军区在画坪驻地旧址——坪上。

在画坪这块红色土地上，有省委、省苏维埃政府、省军区以及机关驻扎过的旧址群坪上、半山、桃峰山，有修水（中心）县委、县苏维埃政府以及机关驻地旧址群大咀上的上、中、下屋，有红三师师部、团部驻地旧址群拖石、老屋场，有红十七师师部、团部驻地旧址群慕珩屋、桂竹埚、新天君、栅楼屋，有红十六师师部、团部驻地旧址群黎家岭、笔架山与杨梅尖双杠坪等。

画坪这块红色的土地上长眠着1000多位无名烈士，包括红十七师在柞树坳突围时牺牲的100多名烈士、在麻舍屋后阴坑沟牺牲的100多名烈士以及掩护省委机关、省苏维埃政府机关突围时牺牲的烈士。

画坪的这些人、物、旧址，记录着许多悲壮的故事，成为我们实现中国梦的巨大的精神财富，值得我们去挖掘。

2011年11月4日，习近平在纪念中央革命根据地创建暨中华苏维埃共和国成立80周年座谈会上，高度概括了苏区精神："在革命根据地的创建和发展中，在建立红色政权、探索革命道路的实践中，无数革命先辈用鲜血和生命铸就了以坚定信念、求真务实、一心为民、清正廉洁、艰苦奋斗、争创一流、无私奉献等为主要内涵的苏区精神。这一精神既蕴涵了中国共产党人革命精神的共性，又显示了苏区时期的特色和个性，是中国共产党人政治本色和精神特质的集中体现，是中华民族精神新的升华，也是我们今天正在建设的社会主义核心价值体系的重要来源。"①当年在画坪战斗生活的党政干部与军民集中体现了这种伟大的苏区精神。

2015年7月29日，时任中共中央党史研究室第一研究部副主任，研究员，中国中共党史学会国共关系研究专业委员会秘书长，中国抗日战争史学会常务理事、副秘书长，中国延安精神研究会常务理事，井冈山干部学院、延安干部学院兼职教授李蓉走访参观画坪后题有"修水画坪，苏区精神的缩影"。这是对画坪的全面概括、充分肯定和高度评价。

致敬英雄画坪！

（本文作者杨丛林，修水县古市镇人，修水一中退休教师。文章收入本书时，编者略做文字整理。）

---

① 习近平：《在纪念中央革命根据地创建暨中华苏维埃共和国成立80周年座谈会上的讲话》，《人民日报》2011年11月5日。

图为中共修水县委、县苏维埃政府旧址群，位于古市镇画坪大咀上燕窝，土木结构，分上、中、下共四栋房屋。1931 年 9 月至 1932 年 3 月，县委、县苏机关由渣津第一次转移至此。1932 年 4 月至 10 月迁回渣津。1933 年 11 月，县委、县苏机关第二次迁入画坪，直到 1934 年 6 月。这一旧址群包括县委驻地旧址炳臣屋、县苏驻地旧址丹清屋、县委保卫大队驻地旧址方家屋和修水县第五次工农兵代表大会旧址洪安屋。

目 录

第一章

纵横百里红旗飘

画坪山区纵横百里，桃峰山是它的地理标志，全丰嶆里为西北前哨，大椿、东山为东南屏障。桃峰山是土地革命战争时期修水苏区的战略后方。1930 年，乡苏维埃政权建立。1931 年 11 月，中共修水中心县委（后称修水县委）、县苏维埃政府迁驻画坪，指挥修水军民反“围剿”斗争长达三年之久。1934 年 5 月，随着中共湘鄂赣省委、省苏维埃政府等转移到画坪，画坪成为湘鄂赣省首府。

第一节 深山老林盼天明

一、山外有山路漫漫

画坪，地处幕阜山脉腹地，属于湘、鄂、赣三省交界的黄龙山山区，与通城黄袍山、崇阳大湖山、通山九宫山连成一片。画坪东抵大椿、杨津、渣津步坑，出溪口、马坳；西接全丰塘城坳、上源，出白岭连湖北通城；南邻东山、汪坪、仙桥，出石坳、大桥、东港；北靠雨水尖，连接湖北省崇阳县。境内峰峦密布，沟壑纵横，山高林密，道路崎岖。桃峰山是画坪山区的核心地段，这里羊肠小道纵横交错，到处是悬崖绝壁和河谷深涧。主要物产有竹木、茶油、红薯、黄金等。

图 1-1 画坪山区

清以前，画坪属宁州西乡管辖。土地革命战争时期，画坪苏区包括现在古市镇的画坪、苏区两个行政村，全丰镇的老苏区村（嶆里）部分，路口乡的蔸萝村部分，渣津镇的福星村（石头坑）部分，总面积100多平方千米。

二、赤县神州夜茫茫

旧中国，居住在画坪山区的农民，生活异常困苦。山民祖祖辈辈日出而作，日入而息，过着“红薯饭，茶壳火，除了神仙就是我”的日子，貌似清闲，其实不然。这里没有学校，没有医院，没有店铺，没有车马喧嚣，只有毒蛇猛兽、山岚瘴气；这里的山民靠肩挑背驮，过着缺衣少食的日子。剁树扛树，砍柴烧炭，卖柴换油盐……辛苦的山民长年累月摸爬滚打在崇山峻岭之中。他们的居住条件很差，一般是泥土墙，房顶盖的是茅草或树皮。

全境几乎没有水田，不能种植水稻，只有少量坡地，大多用来种植红薯、蔬菜。大片山林都是地主的，农民的耕地很少，只能租种地主的土地，或帮地主做长工、打零工，忍受残酷的剥削。即使是丰年，农民也只能靠吃红薯、干薯丝度日。如果遇到干旱、洪涝等灾害，农民就要靠草根树皮充饥，或者向地主借高利贷，利滚利，永无翻身之日。生活在黑暗中的贫苦农民，做梦也盼望着天亮。

第二节　贫苦山民闹革命

一、撒播革命火种

1926年，中共修水支部组织委员樊策安来到画坪，在三圣侯王殿创办农民运动讲习所，发展中共党员。画坪成立了农民协会，中共党员樊梅生任农协主席。

图 1－2　画坪三圣侯王殿

1927 年，画坪成立了党小组，樊梅生任组长；画坪农民义勇队组建，中共党员桂清林任队长。同年，根据党的指示，吴凯旋（吴海贤化名）在画坪黄土铺建立秘密交通站，中共党员冷郭仪担任过这个交通站的站长。这个交通站一直使用到 1949 年新中国成立，运行 22 年之久，为我党取得土地革命战争、抗日战争、解放战争胜利提供了很多重要情报。

图 1－3　画坪黄土铺地下交通站旧址

秋收起义前夕，工农革命军参谋何长工来到画坪，在三圣侯王殿做《创建工农武装，保卫分得田土》的专题报告，动员农协成员参加秋收起义。

1927 年 8 月 26 日，画坪农协成员参加了中共党员丁健亚、余经邦领导的在全丰上源举行的西乡农民暴动，这次暴动取得了胜利。他们回到画坪后，烧毁黄土咀地主胡水太的契约与条据，打开粮仓把粮食分给贫苦农民。

1927 年 9 月初，罗荣桓率领的崇阳通城农民自卫军在麦市被国民党军和地主武装包围。深更半夜，农军不少人迷失方向，跑到了全丰嶆里。画坪党组织与农协派人护送他们去路口等地与大部队会合。这支农军后来编入秋收起义的工农革命军第一军第一师第一团。

1928 年，红五军在古市上东山陈家大屋休整，部分领导人深入画坪各个山头察看地形地貌。同年，前往鄂东南创立革命根据地的红军先遣队途经画坪时，探路尖兵挑着猪崽卖而不语，至今在画坪留下“平江人卖猪崽——闭口不开”的歇后语。

1929 年，红五军转战湘鄂赣边界，画坪党组织与农协派人护送李灿等率领的红五军第五纵队，到崇阳找地方党组织。

樊策安简介

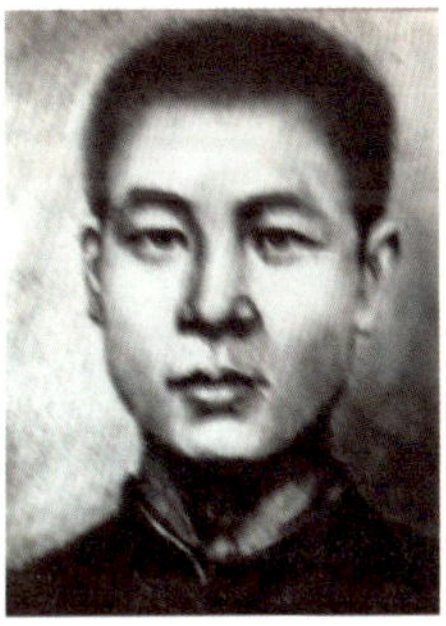

樊策安（1901—1935），修水大桥镇人。1901 年 4 月出生在一个没落的地主家庭。1923 年秋，考入江西省立第六师范学校，积极参加学生运动。1926 年加入中国共产党，参加广州第六届农讲所学习。同年秋，学习期满，党派他担任农民运动特派员回修水发展党组织，开展农民运动。回县后，他秘密成立了中共修水支部干事会，领导了西隐农民暴动。1928 年 8 月，任中共修水县委书记。1935 年春，被捕入狱，受尽酷刑，坚贞不屈。1935 年 5 月，被国民党杀害。

二、建立红色政权

1930 年，画坪正式建立乡苏维埃红色政权，成立画坪乡赤卫队，开展打土豪、分田地的土地革命运动。不久，商会、妇联会、互救会、少工委等成立。画坪苏区干部积极动员群众开展拥红、扩红运动，赤卫队踊跃支援前线，帮助运粮、运弹药，先后多次参加攻打修水县城的战斗，又参加了红三军团与红一方面军两次攻打长沙的战斗。

画坪苏区的土地革命运动，在中国共产党领导下搞得红红火火，对敌斗争如火如荼，革命思想深入人心。

三、画坪前哨嶆里

修水叫苏区村的地方有两个，一个在今全丰镇；一个在今古市镇，与画坪村相邻。为了区分，全丰镇的现在叫老苏区村。老苏区村是土地革命战争时期画坪苏区的重要组成部分，是当年修水中心县苏维埃政府与湘鄂赣省苏维埃政府的西部战略前哨，也是捍卫画坪苏区的第一道防线。老苏区，俗名嶆里。

图 1－4　全丰镇老苏区村民房(嶆里)

1928 年，受平江起义影响，嶆里村民杨柳春、杨占乐等人发起组织赤卫队闹革命，打土豪、分田地，扶贫济困，发展中共组织，推动了当地革命斗争的迅速发展。

嶆里赤卫队与地主武装上源民团经常在边界处发生零星战斗，总体来说双方属于对峙状态。嶆里山高路窄、地形复杂、易守难攻，民团不敢贸然发动进攻。驻扎在嶆里的红军独立师有支由 20 名年轻妇女组成的短枪队。有一次，一股敌人入侵至嶆里的王家田，短枪队扮作村妇扯猪草，待入侵的小股敌人经过后，她们发起突袭，打死了 3 名敌军。

1934 年 6 月，画坪苏区失守，敌人实行疯狂报复，大肆烧杀掳掠，嶆里首当其冲。老赤卫队员杨保安回忆，国民党反动派在嶆里烧毁房屋 108 栋，屠杀革命干部和群众 117 人，妇女被抓走，南木洞、桂竹埚、陈家等村庄遭到血腥屠杀。

第三节　县委县苏驻画坪

1930 年 10 月，根据中共湖南省委指示，修水中心县委在修水县委的基础上成立，书记张警吾，领导修水、铜鼓、宜丰、通城、武宁 5 县工作。1931 年 1 月初，中共赣北特委成立，中共修水中心县委改为中共修水县委，书记卢振陆。同年 8 月，中共湘鄂赣省委成立，赣北特委撤销，又恢复中共修水中心县委，陈焕民、张克吾、杨琦先后担任中心县委书记，继续领导修水、铜鼓、宜丰、通城等县工作。

1931 年 7 月，国民党反动派发起对苏区第三次“围剿”。9 月，大举进犯中共修水中心县委、修水中心县苏维埃政府驻地渣津。为保存力量，中共修水中心县委和修水中心县苏维埃政府机关由渣津迁至画坪大咀上。1932 年 4 月，反“围剿”胜利后，中心县委和中心县苏维埃政府机关又由画坪迁回渣津。5 月，湘鄂赣省委决定将刚建立的修铜宜奉临时县委和平江天岳关区委划归修水中心县委领导。

1931 年 9 月 23 日至 10 月 4 日，湘鄂赣省第一次工农兵代表大会召开。大会根据中共中央训令，成立湘鄂赣省苏维埃政府，机关设在修水县上衫乡宫选大屋，管辖湘东北、鄂东南和赣西北地区。其中，赣西北地区为修水中心县苏维埃政府辖区，下辖修水、铜鼓、宜丰、武宁、通城 5 县。1932 年 5 月，中共修水中心县委书记由中共湘鄂赣省委常委、省劳动部部长杨琦兼任，中心县委机关驻修水渣津。

1932 年 7 月，国民党反动派对湘鄂赣苏区进行第四次“围剿”，敌 3 个师 10 个团共 4 万多兵力再次向驻守渣津的中共修水中心县委、修水中心县苏维埃政府进攻。同年 8 月，修水中心县委、中心县苏维埃政府机关再次由渣津经大椿乡迁到古市东山，在东山召开了第四次工农兵代表大会。会议选举樊明德为苏维埃政府主席。11 月，县苏机关又一次辗转到画坪大咀上桂炳臣、桂丹清屋办公。中共修水县委、县苏维埃政府驻地位于赣西北与鄂东南边界的桃峰山大咀上，这里崇山峻岭，地势险要，易守难攻。旧址群包括大咀上的上、下屋与画坪桥头等建筑。

1933 年 5 月，中共修水县委书记杨琦被捕，湘鄂赣省委派甘特吾来画坪主持中共修水县委工作。同年 8 月，中共修水县第四次党代会在古市东山召开。会议选举樊明德为中共修水县委书记。1934 年 5 月，县委、县苏维埃政府随湘鄂赣省委、省苏维埃政府、省军区迁入画坪坪上，仅留下县保卫大队与县机关宿舍未迁。

1934 年 1 月，湘鄂赣省军区司令员徐彦刚率红十六师四十七团以及从万载小源撤下来的兵工厂、被服厂、红军医院的部分技术人员辗转湘鄂赣边，沿路将这些技术人员分配到平江黄金洞与修水画坪，充实两地的兵工厂、被服厂、医院的技术力量，再派红十六师四十七团到杨梅尖整顿金矿秩序。随后，湘鄂赣省委副书记傅秋涛来到画坪大咀上，与中共赣北特委委员甘特吾、县委书记樊明德交换了抓好春季生产、春笋收购、提高黄金开采量、打破敌人军事和经济封锁等意见。1934 年 5 月，中华苏维埃共和国中央执行委员、中共湘鄂赣省委书记陈寿昌率省委、省苏维埃政府、省军区机关人员以及省保卫大队、赣北独立团从铜鼓幽居出发转战到修水画坪。紧接着，红十六师四十六团、四十八团也转战到了画坪。

1934 年 6 月，国民党反动派对画坪进行第五次“围剿”，画坪遭敌人重兵围困，湘鄂赣省委、省苏维埃政府和修水党组织只有少数同志突出重围，转移至周边县区，其余大多数在画坪被捕牺牲。从此，画坪陷入白色恐怖中。

1933 年 8 月，修水县召开了中国共产党第四次代表大会；1933 年 10 月，修水县召开了第五次工农兵代表大会。党代会和工农兵代表大会，认真总结了第四次反“围剿”的经验与教训，提出了拥红、扩红、扩大苏区的具体要求，为修水县第五次反“围剿”的初期胜利奠定了一定的思想基础和组织基础。

修水县委、县苏维埃政府率领群众拓宽了100多千米周边和通往境外的道路，使其能通行马车。通往鄂东南苏区的无人区路边修建了3个凉亭，供过往人员饮水休息。此地也是中共秘密联络点，为地下党传递邮件。

县委、县苏维埃政府在大咀上新建一栋县机关宿舍，有住房20间，修缮了办公场所；与红十六师在画坪河上修建了一座2米宽、50多米长的石墩配木梁的桥，群众称之为“军区桥”或“红军桥”；在画坪三圣侯王殿创办农民讲习所，搭戏台请全丰戏班与红军宣传队演出，丰富群众的文化生活，传播革命思想；在画坪半山创办苏区医院，后湘鄂赣省医院加入，称红军医院，救治伤员，为群众看病、接种天花疫苗、宣传卫生知识。

图1－5　中共修水县委、县苏维埃政府驻地旧址群（大咀上燕窝），包括上、中、下屋。

修水县委在画坪组建了工会、商会、农协、互救会、妇联会、赤卫队、担架队、运输队等群众组织，开展革命活动；组建县保卫队、画坪游击队、少共儿童团，建起了通信网络，做到每个山头有瞭望台，每个山埂有岗哨，每个路口有检查岗；在画坪慕珩屋设立敌情收集站，1934年5月由省军区接管；开办耕读学校5所。

县苏维埃政府驻画坪期间，大力发展经济，组织力量创办黄金矿、竹木加工厂、金银加工店，在画坪河道、杨梅尖、老屋场淘出黄金200多斤，为中央、省苏维埃政府解了资金周转困难的燃眉之急；在桃峰寺、大坑沟办兵工厂，加工制造大刀、标枪、猎枪、土炮，支援军事斗争。1934年1月，原来驻万载小源的湘鄂赣省兵工厂部分技术人员随红四十七团来到画坪，提升了兵工厂的技术水平，可修理枪支、给子弹壳装药。其中，大坑兵工厂由省苏维埃政府接管。县苏维埃政府在桂竹埚冷家屋、碓臼埚樊家屋办起被服厂。1934年1月，驻万载的省被服厂部分技术人员随红四十七团加入，县苏维埃政府被服厂升格为省苏维埃政府被服厂，主要做衣、鞋、帽、被，供前线使用。此外，县苏维埃政府还在大咀上、桥头设立南杂货销售点以控制物价，后期由省苏维埃政府接管。

中共修水县委、县苏维埃政府组织画坪人民接待了红二师、三师、七师、十六师、十七师与湘鄂赣省机关，不仅提供了后勤服务，而且做好了安保工作。此外，修水县委、县苏维埃政府配合红三师在周家坳伏击敌三十三师一个团，协助红十七师在汪坪成功突围，打退了敌五十师的追击，为我军赢得了休整的机会。画坪苏区至今尚存革命旧址、遗迹30多处。

图1－6　中共修水县委、县苏维埃政府驻地旧址——洪安屋

图 1－7　中共赣北特委委员、中共修水县委书记甘特吾在画坪旧居

图 1－8　1933 年 8 月，画坪召开中共修水县第四次党员代表大会，图为大会会址。石碑为 1994 年修水县人民政府立。

图 1-9 1933 年 10 月，画坪召开修水县苏维埃政府第五次工农兵代表大会，中共湘鄂赣省委副书记傅秋涛参加会议并做重要讲话。图为大会旧址——画坪村大咀上燕窝。

图 1-10 湘鄂赣省苏维埃机关驻地建筑群

图 1－11　修水县保卫大队驻地遗址——画坪官家岭(上屋)

图 1－12　修水县保卫大队驻地遗址——画坪官家岭(下屋)

图 1－13　图为修水中心县委（修水县委）、湘鄂赣特派委员会驻地遗址——大咀上燕窝。1931 年 11 月，修水中心县委由渣津迁入此地，1932 年 11 月，修水县委再次迁回此地。1933 年 8 月，中共修水县第四次党代会在此屋召开，湘鄂赣省委副书记傅秋涛参加会议并讲话。

图 1－14　中共修水县委、县苏维埃政府宿舍旧址

甘特吾简介

甘特吾（1899—1934），今修水县马坳镇峡口村人。1924年毕业于江西省立第一师范，后在修水县立第一高等小学任教，1925年任校长。1926年7月，加入中国共产党，任中共修水支部组织干事，积极领导工农运动，策应国民革命军北伐。次年7月，任中共修水支部干事会书记。1927年冬，任中共修水临时县委书记。1928年4月，任中共修水县委书记。1929年4月，调中共湘鄂赣边特委。1930年起，先后任中共赣北特委委员、中共赣北分区委宣传部部长、湘鄂赣边境暴动委员会委员等职。1934年9月，在修水县城鲁家坳牺牲。

甘卓吾简介

甘卓吾（1897—1940），今修水县马坳镇峡口村人。1918年考入南昌政法学校，参加爱国学生运动。1925年毕业回乡，开中药铺，救济贫民。1927年，与妻子秘密参加革命活动。1928年，加入中国共产党，任修水苏区第六区军事部部长，领导武装斗争。1929年后，历任县苏维埃政府消费合作社主任、县苏维埃政府工农银行行长。抗日战争时期，任中共修水中心县委统战部部长、湘鄂赣特委委员兼中心县委书记，领导抗日救亡运动，恢复发展党的组织。1940年5月16日，被国民党特务枪杀于马坳北山小学校园。

第四节 湘鄂赣苏区首府

1934 年 1 月，湘鄂赣省军区司令员徐彦刚率红十六师四十七团以及部分兵工厂、被服厂技术人员与红军医院医务骨干来到画坪，充实修水县苏维埃政府石公尖兵工厂（后改为湘鄂赣省兵工厂）、修水县苏维埃政府冷家屋被服厂（后改为湘鄂赣省被服厂）、修水县苏维埃政府半山医院（后改为湘鄂赣省红军医院）的技术力量。

1934 年 4 月，湘鄂赣省委书记陈寿昌、省军区司令员徐彦刚率领省委、省苏维埃政府、省军区机关和红十六师、赣北独立团由万载县仙源乡突围，经铜鼓幽居、祖庄和修铜宜奉边龙门山区，于 5 月到达画坪，指挥红十六师和边区武装顽强抗击国民党的第五次“围剿”。湘鄂赣省委、省苏维埃政府、省军区驻扎在画坪乡坪上村。该村提供近 20 栋房屋，作为省机关办公场所和红军宿营地。在坪上驻扎的还有省联合工会、省妇联、省工农银行、省供销合作社。此外，桃峰寺驻湘鄂赣省委政治保卫局（看守所），坳下驻湘鄂赣省军区赣北独立团，慕珩屋驻中共湘鄂赣省委保卫大队。此时，画坪成为湘鄂赣苏区首府，是军民反“围剿”斗争的指挥中心。

图 1－15　中共地下交通站——上东山关帝殿

图 1－16　湘鄂赣省政治保卫大队二中队驻地旧址——慕珩屋

图 1－17　图为官家岭敌情传递点，设置在山头突出位置，发现敌情，则以燃烟为信号，像古代的烽火台；或敲梆筒，像发电报一样传递密码，向县委、省委、军区报告敌情，做好战斗准备。

图 1－18 慕珩屋敌情收集站遗址

陈寿昌简介

陈寿昌(1906—1934),浙江镇海人。1924 年加入中国共产党,先后任中共中央特科科长、中共福建省委书记、中央苏区职工会执行局主席。1933 年冬,任中共湘鄂赣省委书记、省军区政委兼红十六师政委。1934 年 11 月 21 日,陈寿昌率红十六师一部在崇阳与通城交界的老虎洞同敌三十三师遭遇,激战中身负重伤不治,壮烈牺牲。其忠骨埋于大门坳红军医院前山坡上。

湘鄂赣省委、省苏维埃政府和红十六师进驻画坪,与苏区人民在中国共产党的领导下众志成城,共渡难关。县委、县苏维埃政府腾出住房,又动员群众一挤再挤，把所有可能住宿的地方都让出来，还是无法全部住下，有的只好住石洞、茅棚。县委、县苏维埃政府先把自己积存的粮食拿出来，又动员群众勒紧裤腰带，把能省的都省出来，但也吃不了几天。苏区干部群众只得以瓜菜代粮，挖野菜充饥。县委、县苏维埃政府派遣赤卫队、游击队深入敌占区买粮、运粮，不少人因此献出了宝贵的生命。为了保障省委、省苏维埃政府机关安全，县委、县苏维埃政府调动所有武装，站岗放哨，监视敌人行动，工作人员出入境沿途护送，许多游击队员为此英勇牺牲。

1934 年 6 月 5 日，国民党“围剿”湘鄂赣苏区西路军纠集重兵进犯修水，包围画坪。6 月初，中共湘鄂赣省委在画坪召开了湘鄂赣省党政军机关、红三师、十六师团级以上干部与修水、崇阳、通城 3 县县委书记参加的紧急军事会议，会议确定了省级机关突围的路线、策略与方法，部署了全省第五次反“围剿”的后期工作。6 月底，湘鄂赣省委、省苏维埃政府、省军区机关在红十六师主力的掩护和红三师的接应下，从画坪突围，转移至修铜宜边界的龙门山区。

傅秋涛简介

傅秋涛（1907—1981），湖南省平江县人，1929 年加入中国共产党，是湘鄂赣革命根据地的主要领导者之一。土地革命战争时期，任中共湘鄂赣省委副书记、湘鄂赣军区政治部主任、中共湘鄂赣省委书记兼湘鄂赣军区政治委员，参加了南方三年游击战争。抗日战争全面爆发后，任新四军第一支队第一团团长、第一支队司令员兼政治委员。在皖南事变中，他率部浴血奋战，在弹尽粮绝的情况下，组织部队分散突出重围，保存了新四军的有生力量。解放战争时期，任鲁南军区政治委员、鲁中南军区司令员、山东军区第一副政治委员。新中国成立后，任人民革命军事委员会人民武装部部长、中国人民解放军总参谋部动员部部长、中央军委人民武装委员会副主任。1955 年被授予上将军衔。1981 年 8 月 25 日在北京逝世。

图 1 - 19 中共湘鄂赣省委、省苏维埃政府、省军区驻地坪上旧址群，包括坪上、半山、桃峰山。

图 1 - 20 中共湘鄂赣省委政治保卫局(看守所)驻地旧址——画坪桃峰寺

图 1－21　中共湘鄂赣省委副书记兼湘鄂赣军区政委傅秋涛在画坪旧居

图 1－22　湘鄂赣省敌情收集站旧址——画坪慕珩屋。1931 年 12 月，修水中心县苏维埃政府在此设立敌情收集站，收集画坪各哨所的情报。1934 年 1 月由湘鄂赣省军区接管，运行至 1934 年 7 月。

图 1－23　湘鄂赣省红军炮台遗址——画坪响坳。1931 年由县委保卫大队所建，当时红军用的炮是将树挖空再打上铁圈包扎，装黑火药与铁片的土炮，用来封锁从全丰进犯画坪的来敌。后来由湘鄂赣省军区接管，增加了射程，可以封锁全丰、路口、古市三个方向进犯画坪的敌人。

图 1－24　湘鄂赣省军区训练所旧址——桂竹埚千斤坪。1927 年，画坪农协在此建立军事训练基地，提高军事技术。1931 年，修水中心县苏维埃政府在此设立军事训练所，为全县训练新兵。1934 年 1 月，由湘鄂赣省军区接管，培训各县武装人员。

图 1 - 25　中共湘鄂赣省委妇女部驻地旧址

图 1 - 26　湘鄂赣省苏维埃政府供销部驻地旧址之一

图 1－27　湘鄂赣省苏维埃政府供销部驻地旧址之二

图 1－28　湘鄂赣省总工会、互济会画坪驻地旧址——坪上上屋

图 1－29　湘鄂赣省工农银行驻地旧址——坪上上屋

图 1－30　湘鄂赣省苏维埃教育部驻地旧址

第二章

红军家住桃峰山

在土地革命战争时期，湘鄂赣边区流传着这样一首民谣：“红军大如天，驻在桃峰尖。穷人大胆困，富人出花边。”桃峰尖，是画坪桃峰山的主峰，上有桃峰寺等建筑群，曾作为红军和苏区领导机关驻地。

第一节　高咏生为桃峰常客

红十六军第七师，后改编为红十六师，师长高咏生是画坪的常客。他每次从周边路过，总会绕道到画坪住上一两晚，看望在修水县担任妇联副主任的妻子李训贤。

图2－1　桃峰山

1932年冬，高咏生为完成妻子李训贤的心愿，率工兵连来到画坪河架桥。红七师驻扎在画坪河两岸，保护施工人员的安全。在县委、县苏维埃政府与当地群众的大力支持下，一座长50多米、宽2米的石墩配木梁的桥飞跨画坪河两岸，解决了画坪人世代渡河难的问题。

图 2－2　红十六军第七师工兵连修建红军桥驻地遗址，高咏生、李训贤夫妇旧居遗址——画坪列宁小学

1933 年 5 月初，红七师又一次来到画坪杨梅尖，在东南乡党组织负责人傅怀保家借了两块腊肉。当时红军打了借条，几年后红军派人来还账并取走借条。

又过了一段时间，红七师由修水县苏维埃副主席戴和生带路，到全丰田家湾，与本地游击队一起伏击了敌新编第十师，打死、打伤敌军 100 多人。

图 2－3　红十六军第七师师部驻地旧址——官家岭

图 2-4　红十六军第七师师长高咏生的旧居与茶壶

图 2-5　红十六师四十八团驻地区域标识牌

第二节　江渭清往返桃峰山

1932 年 10 月，湘鄂赣红军独立二师在全丰镇官坑遭遇国民党军新编第十师伏击后，来到画坪何家老屋休整。江渭清受命筹粮，从崇阳县筹到十几担稻谷后也到此地会合，并利用何家老屋水碓舂米，还送一头耕牛给何家老屋村民共用。

图 2－6　左图为湘鄂赣红军独立二师师部驻地旧址——何家老屋，右图为水碓舂米碓臼。

1934 年 7 月，湘鄂赣苏区提前进入了三年游击战争。三年中，一度担任中共鄂东南道委书记、中共西北特委书记的江渭清经常在九阳山、太阳山、石公尖活动，画坪东面的敌军碉堡就是他带人炸毁的。有一次，江渭清到画坪何家老屋，就从古源团部抬来一头母猪，在何森林家兑换几十斤腊肉带回驻地。还有一次在画坪花石咀，江渭清率部用滚木礌石偷袭敌运输马队，将敌人杀得人仰马翻，将被砸死的马匹抬到何家老屋腌制。此次伏击，江渭清再送何家老屋何国轩的母亲茶壶 1 把、茶碗 2 个，茶壶至今保存完好。

江渭清简介

江渭清(1910—2000),湖南省平江县人,1929年加入中国共产党,参加了秋收起义和平江起义。1932年,任红十六军七师团政委、独立二师四团政委。1933年,任红十八军五十四师团政委,参加了湘鄂赣革命根据地反“围剿”。1935年,任中共平江中心县委书记兼边区政委、湘鄂赣省苏维埃驻湖北代表团主任、中共鄂东南道委书记。1937年5月,任湘鄂赣军区人民红军军事委员会委员,在湘鄂赣边进行了极其艰苦的三年游击战争。1941年初,任新四军皖南第一纵队副政委兼政治部主任。皖南事变后,任新四军第六师十八旅旅长。1945年1月,任苏浙军区第一纵队政委。1947年1月,任华东野战军第六纵队政委。新中国成立后历任江苏省委书记、江西省委书记等职。

第三节　徐彦刚闻讯驻矿区

1928年9月,红五军转战湘鄂赣,曾驻古市东山。其间,红五军军长彭德怀率部到画坪考察地形地貌。

1931年11月,修水中心县苏维埃政府在杨梅尖采金矿。随着时间推移,附近土匪发现有利可图,便经常来金矿抢夺黄金资源,打架闹事。

1934年1月,湘鄂赣省军区司令员徐彦刚率红十六师四十七团经过此地见此情形,立即扎营协助县苏维埃政府维持金矿秩序,以提高黄金开采量,随后前往鄂东南打游击。

红十六师四十七团驻地杨梅尖,位于古市镇苏区村,也称徐以义屋。这里是铜鼓通往鄂东南苏区的通道之一。

图 2－7　红十六师四十七团驻地旧址——杨梅尖徐以义屋

徐彦刚简介

徐彦刚(1907—1935),四川开江人。1926 年春,考入重庆中法大学,在校期间加入中国共产党。1927 年,参加湘赣边界秋收起义,随部队上井冈山。1928 年 5 月,任中国工农红军第四军第十一师第三十二团参谋长。1930 年 1 月,所率地方武装编入红六军,任第三纵队纵队长。同年 11 月,任红一军团第三军第九师师长。1932 年 3 月,任红三军军长,后任红一军团参谋长,率部参加漳州战役和中央苏区第四次反"围剿"。1933 年冬,调任湘鄂赣军区司令员,后兼任红十六师师长。1934 年,被选为中华苏维埃共和国中央执行委员,参与领导巩固湘鄂赣革命根据地的斗争。中央红军长征后,以黄金洞为中心,坚持在平江、浏阳、铜鼓进行游击斗争,指挥红十六师取得大源、虹桥等战斗胜利。1935 年 6 月,在云居山突围战斗中负伤,9 月在永修燕山朱坑养伤时被敌人杀害。

第四节　突破重围画坪休整

1934年3月8日清晨，红十七师刚到古市，就遇上敌二十六师与五十师各一个旅的追击与纠缠。红十七师与敌在南山、汪坪、麻舍、长湖展开激战，突破歇龙埂封锁线，退到柞树坳、扶梯窝。这时，柞树坳至画坪桥头道路被敌火力封锁，红十七师被困在荞麦尖的东南面。危急时刻，中共修水县委组织地方武装在画坪河对岸的内、外官家岭火力支援，红十七师这才杀出一条血路，来到画坪河大滩。接着，县委又派保卫大队带领红十七师走桃峰山南面登山，利用慕珩屋的阴山咀与马头埂的有利地形，成功击退了敌人的多次进攻，终于脱险。红十七师这才赢得一周的休整机会。

红十七师在地方游击队的帮助下，把国民党军第二十六师击溃于汪坪后，在画坪苏区稍做休整，便转移到修武崇通苏区冷水坪。经国民党洗劫后的画坪，人民群众虽然生活非常艰难，但还是热情地欢迎红十七师，想方设法提供物资援助和周到的服务。老百姓把藏在地窖的食品挖出来犒劳红军，精心照顾伤病员，让红军将士感到无限温暖。

图2-8　红十七师驻地旧址群

半个多世纪后，萧克将军重访修水，依然对当年从地窖里挖出来的红薯和火炉里热烘烘的煨红薯念念不忘。

图2－9　红十七师五十团团部驻地旧址——画坪村月华屋。师长、参谋长分别住在正堂左、右两侧卧室；五十团团长李崇、中共总支书记江勇为等住在偏堂西侧卧室。

图2－10　红十七师师部驻地旧址——月华屋

图 2-11　红十七师休整之地，从此小路进，非常隐蔽，比较安全。

图 2-12　红十七师转移途经地——画坪河大滩

图 2 - 13　红十七师警卫连驻地——月华屋

图 2 - 14　荞麦尖哨所遗址

邓洪简介

邓洪(1888—1969),湖南浏阳人。早年在湖南从事农民运动。1926 年,任浏阳西乡农民协会裁判长。1927 年,加入中国共产党。1930 年,参加赤卫队,任政治委员。1934 年 1 月,任湘鄂赣省苏维埃政府保卫局局长。1934 年 11 月,任湘鄂赣省苏维埃政府主席。1937 年,受湘鄂赣省委派遣赴延安向党中央汇报工作,留任第十八集团军兵站政委。1947 年 5 月,赴东北任第四野战军光辽军区后勤部政委,参加东北、华北解放战争。1949 年 8 月起,历任中共江西省委委员、江西省人民政府建设厅厅长等职。1956 年 11 月至 1965 年 3 月任江西省副省长,1969 年病故。

第五节　桃峰山遍地驻红军

一、红五军驻桐树墈

1928 年 9 月初,红五军从台庄出发,经渣津埠坑向通城边区游击。部队行至丝茅岭休息,当地居民以为是白军,吓得关门闭户。正在丝茅岭打柴的张理仁躲到山上不敢出来,这时红军战士向乡亲们大声喊道:“老表,不要怕,我们是红军,是老百姓自己的队伍,是保护老百姓的。”张理仁早就听说红军队伍纪律严明,不拿群众一针一线,于是匆忙现身,躲在屋里的人们也开门出来迎接。乡亲们向红五军首长详细介绍了当地的情况、古市民团和国民党军的行动范围、东南乡(包括上东山、南山、画坪、牛岭)苏维埃政权和赤卫队的情况,红五军的书记员用笔做了记录。张理仁和红军一同往山下走,红军战士轮换着帮他把柴担到家里。

当晚,红军就驻扎在桐树墈一带,首长住在童家大屋的童家祖堂。红军战士放下背包就动手在童家大屋后挖了一条 100 多米的环山战壕,保护指挥部,以防敌人进犯。祖堂两边的土墙上钉了两排竹钉，整整齐齐地挂着两排步枪，门口有哨兵把守。

图 2－15　红五军驻地旧址——古市上东山童家大屋

桐树塅背靠大山，往前 500 米处的东山坡上有一棵大樟树。以樟树为界，高处是红区，低处是白区。桐树塅易守难攻，当时国民党军第五十师和古市民团慑于红五军的威力不敢进犯。当地群众听说是彭德怀的队伍，都非常热情，送菜、送米、送鸡蛋。红军一律按时价过秤结算。红军战士上山捡干柴做饭，帮群众晒薯、挑水、刨薯丝。看见群众吃红薯度日，战士们便将米饭留给孩子们吃，自己吃红薯，乡亲们非常感动。

红五军驻桐树塅期间，红军宣传队到牛岭、棉花垄、嶆溪洞、后官家岭宣读共产党的政策，讲解革命真理，号召大家起来反压迫、反剥削，打土豪、铲劣绅，参军参战，推翻反动统治，打倒国民党反动派。红军在白沙岭打了一仗，给湖北民团以沉重的打击。根据上级指示，红五军离开湘鄂赣边前往长湖，张理仁发现红军的一盏马灯忘记带走，追了几里路将马灯送到红军手中。

图 2－16　红五军首长考察地形地貌遗址——官家岭。1928 年 9 月，红五军驻古市上东山，部队首长率各支队负责人来到此地，考察地形地貌。

二、红三师师部驻地

1931 年 11 月，红三师驻画坪拖石。此地位于桃峰山东南面山腰，在平江通往鄂东南根据地的要道上。红三师经常往来此地，并在此驻扎。原建筑为土木结构的四合院。12 月，红三师与红十六军一起参加保卫湘鄂赣省委、省苏维埃政府驻地上衫的战斗，在渣津黄坊伏击刘夷的国民党军独立第三十二旅，大获全胜，史称“黄坊大捷”。

1933 年 2 月，红三师来到此地，与当地老百姓共度元宵佳节。2 月 13 日，为配合红三师在周家坳伏击敌人，修水县苏维埃主席樊明德率县保卫大队与地方游击队在岩前洞阻击敌五十师一个团，为周家坳伏击战的胜利争取了时间。战斗结束后，红三师在此休整多日，师部驻扎在拖石，八团驻在老屋场。1934 年 5 月，湘鄂赣省委保卫大队三中队驻扎拖石、老屋场，守卫省委机关驻地。

图 2－17　红三师师部驻地旧址——画坪村拖石

三、赣北独立团驻地

1934 年 5 月初，湘鄂赣省委书记陈寿昌率省委机关和湘鄂赣省军区赣北独立团转战画坪，赣北独立团驻坳下上屋，有卧室 10 间。

图 2－18　湘鄂赣省军区赣北独立团驻地旧址——坳下上屋

四、红三师八团驻地

1933 年 2 月，与当地老百姓共度元宵佳节的红三师八团驻扎在老屋场与谷筛埂。此处位于画坪至古源的要道上，两屋相距 500 米。2 月 13 日，红三师在周家坳伏击敌三十三师一个团，打得敌人溃不成军。

1934 年 5 月，湘鄂赣省保卫大队三中队驻扎老屋场与谷筛埂，时间长达 1 个多月，并在谷筛埂桂玉连屋设立哨所。

图 2－19　红三师八团驻地旧址——老屋场与谷筛埂

五、红十七师四十九团驻地

1934 年 3 月 8 日，萧克、李达坐镇下屋指挥红十七师汪坪突围，对追击我部的敌五十师给予重创。红十七师就地休整一周，所属四十九团驻慕珩屋。慕珩屋有上下厅堂、走廊、厢房八间。

1945 年 3 月，原红十七师五十团团支书江勇为率南下小分队，从全丰到此屋，拜访当年的老乡，打听红十七师汪坪突围中牺牲的烈士葬于何处，回忆突围时的险情，在下屋居住了一晚。第二天，江勇为一行来到墓地为烈士扫墓，在三圣侯王殿召开抗日动员会，并从路口挑粮两担送给老乡。

图 2-20　红十七师四十九团团部驻地旧址——慕珩屋

六、红十六师四十八团驻地

1934 年 5 月，湘鄂赣省委书记陈寿昌率省级机关和红十六师四十八团从铜鼓幽居出发转战到达画坪。红十六师四十八团驻沈家上屋（双杠坪）。6 月，掩护省级机关突围转战到鄂东南时，此团只剩 20 多人。1934 年 7 月，沈家上屋被国民党烧毁，后由业主修复。

图 2-21　红十六师四十八团驻地遗址——沈家上屋（双杠坪）

除了以上地方，像栅楼屋、岩前洞、八仙埂等地也曾驻扎过红军队伍。这一处处驻地见证了画坪民众与红军的军民鱼水情。

图 2 - 22　红十七师五十一团团部驻地旧址——画坪村栅楼屋

图 2 - 23　红十六师四十六团驻地遗址——画坪村岩前洞

图 2－24　湘鄂赣省保卫大队驻地旧址——方家屋

图 2－25　红十七师师部警卫连驻地旧址——画坪村六房

图 2－26　湘鄂赣省保卫大队第三中队驻地旧址——老屋场与谷筛埂

图 2－27　红十六军七师驻地遗址——八仙埂

图 2－28　红军澡堂

图 2－29　红军医院旧址——画坪村半山

图 2－30　红军医院叫号窗口和药房旧址

第三章

军民携手建苏区

画坪，是苏区人民的家园，也是红军的家园。为了改变贫困落后的面貌，中国共产党领导军民创办商店、开采金矿、建设工厂、兴办学校、建桥铺路、筹集军需，赢得了军民的信任与热爱。

第一节　发展苏区经济

中共修水中心县委大力发展苏区经济，在画坪桥头与大咀上分别开设商铺，活跃苏区贸易，流通苏区土特产；在小港创办矿厂，开采金矿，为苏维埃政府筹集资金。

一、小港黄金矿

1931 年冬，中共修水中心县委充分利用来自平江黄金洞的机关工作人员会淘选黄金的技术，在画坪小港筛选河金，组织当地群众与互济会人员创办黄金矿，并将筛选出来的黄金兑换成银圆。县苏维埃政府经营期间，采黄金 100 余斤，上交中央与省财政 2 万余块银圆。金矿指挥部驻苏区村沈家下屋，距小港选金地不足 300 米。

图 3－1　修水中心县苏维埃政府黄金矿遗址——苏区村沈家下屋遗址

图 3－2　县苏维埃政府淘金点

1934 年 1 月,湘鄂赣省委副书记傅秋涛到此视察金矿,鼓励员工在确保生产安全的前提下提高黄金开采量,将画坪的黄金矿交由省苏维埃政府管理。

二、金银加工店

1931 年冬,修水中心县苏维埃政府为将画坪小港金矿筛选出来的黄金兑换成银圆,特开金银加工店。该店位于古市上街,先后销售黄金 100 多斤,兑换成几万块银圆。除本县开支外,余皆上交中央财政。

图 3－3　古市金银加工店旧址——古市上街李学理屋

三、木竹加工厂

1932 年 11 月，修水县苏维埃政府为解决经费开支、争取财政收入，创办木竹加工厂。该厂位于古市镇画坪村橘树冲，也称杨加成屋。

图 3－4　木竹加工厂旧址——橘树冲

四、树篷

1931 年 12 月，修水中心县苏维埃政府设立树篷，位于古市镇下街游职墩，用于放置与出售画坪的竹木，并收集古市白区的敌情。树篷负责人是中共党员桂树昌。

图 3－5　古市下街游职墩修水中心县苏维埃政府树篷遗址

五、被服厂

1932 年 1 月至 1934 年 1 月，修水县苏维埃政府开办被服厂，位于桃峰山正南面冷家屋。湘鄂赣省苏维埃政府迁入画坪后，接管了该被服厂，并从万载被服厂调来部分人员充实该厂。

图 3－6　修水县苏维埃政府被服厂旧址——冷家屋

图 3－7　湘鄂赣省苏维埃政府被服厂旧址——樊家屋

六、南货铺 & 饭铺

1931 年 12 月，修水中心县苏维埃政府设立饭铺与南货铺，位于画坪桥头屋。1934 年 1 月，饭铺与南货铺被湘鄂赣省苏维埃政府接管，成为省苏维埃政府消费合作社的饭铺与南货铺。

图 3－8　商铺和负责人甘卓吾住所旧址

图 3－9　油榨坊和饭铺（旅社）旧址

七、土特产销售店

1931 年底，修水县苏维埃政府设立赤色消费合作社，负责人甘卓吾，主要业务是销售画坪土特产（木、竹及其制品）换取银圆。销售店位于古市下街与摆上连接处水沟边，由杨继承具体负责销售业务。

图 3－10　古市下街土特产销售店遗址

八、兵工厂

1931 年 11 月，修水中心县苏维埃政府在画坪石公尖何家（今古市镇苏区村）创办兵工厂。1934 年 1 月，省委驻地万载小源失守，湘鄂赣省军区司令员徐彦刚率红十六师四十七团护送部分省兵工厂的技术人员来到该厂，充实技术力量，提升技术水平与级别，使该厂成为湘鄂赣省军区兵工厂。

图 3－11　画坪苏区兵工厂旧址——苏区村石公尖何家

第二节　兴办苏区小学

1931 年 12 月，中共修水中心县委、县苏维埃政府从实际出发，量力而行发展苏区教育，培养革命接班人。县委、县苏动员群众寻找木材，加工制作黑板、课桌、凳子，先后在老屋场、脚鱼塝、三圣侯王殿、官家岭等地开办好几所小学。师资由苏区干部担任，红十六师师长高咏生的妻子李训贤就担任过苏区小学的教师。

1931 年，根据湘鄂赣省苏维埃政府文化部的指示，经中共修水中心县委和县苏维埃政府研究决定，在东皋堪下祠堂（现古市镇东皋村）创办一所列宁高级小学。学校分甲、乙两班，学制为两年，教师 5 人，学生 100 多人，校长、总务各 1 人。校长最初由县苏文化委员会副主任樊肖南担任，后由马宗石接任，樊肖南改任学校总务。学校紧密围绕革命斗争实际的需要，开设国文、算术、常识、俄国革命史略、革命纪念事略、音乐、体操、文娱等课程。学校让学生跳出“读死书”的圈子，经常且普遍地到革命斗争和社会生活中去锻炼自己。学校设有共青团、少年先锋队、劳动童子团（后改为共产主义儿童团）建立的支部、队部，还有学生委员会、生活委员会、列宁室等。学校教学方式灵活多样又严肃活泼，师生关系亲密且民主融洽。

图 3－12　列宁高级小学教科书

1932 年上半年，黄龙山地主武装卢伯魁“挨户团”串通平江常备队经常骚扰苏区。中共修水中心县委为了师生的安全，把学校迁到东山傅家祠堂。随着东山战役的打响，国民党出动飞机不时轰炸苏区，列宁高小于 1932 年 11 月迁往画坪，一直开办到 1934 年止。

图 3 - 13　列宁高级小学遗址——古市镇东皋村冷氏宗祠（俗称堪下祠堂，今月塘中小学校园内）

图 3 - 14　列宁高级小学旧址——傅氏宗祠（现于原址重建列宁小学）

图 3－15 画坪列宁小学遗址，位于三圣侯王殿左侧。

画坪的列宁高小有学生 110 人，都是当年的穷孩子、放牛娃。校长是马宗有，老师有 5 人。红军中有不少首长到学校讲过课。

在艰苦的革命斗争环境中，学校采取了一系列措施，更新了教学内容，改进了教学方法，注重学校教育与社会教育相联系，强调教育与生产相结合，加强军事知识和技能的训练。学生在列宁高小毕业后，有的参加了红军，在战火中锻炼成长；有的投身地方的革命工作，在血与火的考验中得到历练。列宁高小在特殊的历史年代，为革命培养了不少人才。

第三节 改善基础设施

中共湘鄂赣省委、省苏维埃政府迁驻画坪之后，加强基础设施建设：拓宽道路上百千米，方便山民扛树担粮；在东山至古源的无人区路边修建鲁家亭、关坳亭、望梅亭，方便群众在路旁休息；在画坪河道上修建“军区桥”，方便群众渡河；创办半山医院，为红军伤病员和画坪周边群众治病。这里，留下了许多可歌可泣的故事。

一、修建军区桥

巍峨陡峭的桃峰山，层峦叠嶂，绵亘数十里。桃峰尖高耸入云，群峰簇拥，极为险峻。顺山谷底的青石古道径直往南走，就可抵达古老的龙口村。这里三面环山，一面临水，滚滚滔滔的乌龙河就像一条张牙舞爪的虬龙，从高山飞流直下，隔断了百里桃峰和外界的联系。乌龙河水流湍急，直到龙河渡口才渐渐形成水势平稳的河面。于是，这里便成为连通山内外的交通要隘。

龙河渡口上自古就没有桥梁，过河全凭一条木船摆渡。并不是山里人不想建桥，而是有人不许建。这渡口被大地主龙霸天据为己有。山里人想出门办点事，或谁有事想进山去，都必须经过这龙河渡口，坐龙家的渡船。龙霸天把船价抬上了天，因此赚了不少黑心钱。龙家有钱有势，豢养了家丁、打手，勾结官府仗势欺人，谁也惹他不起。山民们敢怒不敢言。

桃峰山的老辈人中间流传着一个这样的神话：龙河渡口早先有过一座桥，是桃峰尖上的桃花仙子怜悯下界山民过河困难，解下腰间五彩丝带抛过河去变化而成的。后来，该桥被居住在乌龙河底的恶龙用电劈碎。相传，这条恶龙便是龙霸天的祖先，它不许人们在河上建桥就是想让子孙万代独霸一方。

然而，村子里偏有人不信这个邪。青年石匠陶山成叫上一批血气方刚的后生，披星戴月苦干了一个月，眼看两边桥墩的石料就快要备齐，不料被地主龙霸天知道了。龙霸天派家丁把他们关进县城大牢。从此，山民只有站在河边发出一声声沉重的叹息……

1934 年夏，红十六师随着湘鄂赣省委、省苏维埃政府进驻画坪。在第五次反“围剿”斗争中，红军蒙受了巨大损失，部队亟待休整并补充兵员。战士们住石洞、咽野菜，严格执行群众纪律。省委和部队组织了 10 多支宣传小分队，深入村庄宣传革命道理，扩大红军队伍。两天来，宣传工作收获甚微。原来是地主龙霸天抢先一步威胁了当地群众。为尽快打开局面，粉碎敌人的阴谋，省委指示部队要迅速找出宣传工作的突破点。

这天下午，红十六师师长高咏生从省委开完会回来，背着手在石洞前的草地上来回踱步，苦苦思索着发动群众的最佳方案……

“师长!”身后有人轻轻喊他。高师长转过身,面前站着警卫员陶山成。当年陶山成与几位青年被地主龙霸天关押,是红十六师攻破县城把他们救了出来。从此,陶山成便成了一名红军战士。他怀着对国民党反动派的刻骨仇恨,作战非常勇敢。高师长十分器重他,把他从基层连队调到身边担任了警卫员。

“师长,您两夜都未合眼了,进去休息吧!”陶山成轻声央求着。高师长看到陶山成,紧锁的双眉渐渐舒展开来。他想:要了解情况,还得倚仗这些桃峰籍的战士。高师长微笑着问:“山成,今天开会的内容想必你也听到了吧?”山成点头。

高师长又说:“你是当地人,情况比我熟悉,能不能拿出个主意来?”

山成顿时涨红了脸,结结巴巴地回答:“师……师长,刚才我与几位同乡还在讨论这件事呢!我们想了个办法,正要说给您听听,看行得通不?”

高师长微笑着点头说:“群众是真正的英雄嘛!你只管说,我参谋参谋。”师长的鼓励使陶山成勇气顿生,一扫犹豫腼腆之态,侃侃而谈:“桃峰山区地势险要,人口分散,光靠几十名宣传队员是起不了多大作用的。我们琢磨了一下,地主龙霸天的威胁之所以能够奏效,是因为他揪住了老百姓的痛处。龙河渡口是通往山内外的必经要道,老百姓要想渡河,就必须坐龙霸天的船……”

山成停顿了一下,只见高师长全神贯注地听着。

“因此,我们提议在龙河渡口办几件合民心、有影响、有震撼力的事情,一举打开当前被动的局面。这几件事情是:一、立即组织部队在龙河渡口架设一座桥梁,解决老百姓过河难的问题。在河上建桥,是桃峰民众多少代人梦寐以求的心愿。办好了这件事,何愁人民群众不拥护我们!二、打倒大地主龙霸天,灭反动派威风,长人民群众志气。龙霸天是桃峰山区最大的土豪,是当地反动势力的主心骨,扳倒他无疑是对敌人反动气焰的迎头痛击。龙霸天鱼肉乡里,作恶多端,也该是血债血偿的时候了!三、宣布将龙河渡口收归全体桃峰人民所有。这是一件至关重要的事情。多少年来,龙家就是凭着这龙河渡口的所有权盘剥乡民。办好这件事就能使广大人民群众放下心来,相信红军确实是穷人自己的队伍,共产党是为人民群众办事的。那么,所有的反革命谣传都会不攻自破……”

“说得好!”高师长击节赞赏,“山成,想不到你还是位足智多谋的小诸葛呢!”

图 3 - 16　红十六师师部驻地与师长高咏生卧室遗址——画坪黎家屋

说干就干，经省委批准，一场架设石桥为桃峰民众造福的大“战役”便在龙河渡口如火如荼地展开了。为了赶在洪峰到达之前把桥架好，高师长亲率部队顶着凛冽的寒风上山采石，隆隆的爆破声响彻龙河渡口上空。当年的小石匠陶山成拿出了压箱底的手艺，与伙伴们精雕细琢，磨平了数十把石凿，双手打起了血疱，连续奋斗一个多月，终于把采下来的石料全部琢磨成器。一百多块漂亮的拱桥石一字儿排放在乌龙河边。

红军在龙河渡口架桥的消息如春风刮遍了桃峰的山山岭岭，吹开了山民们多年来紧闭的心扉。人们扶老携幼，挑着猪羊果酒拥到河边。于是，一场军民鱼水交融的感人话剧便在这古老的龙河渡口拉开了帷幕……

一位年过七旬、白发白须的长者拄着桃木拐杖颤巍巍地走到高师长跟前，感慨万分地说：“在龙河渡口架桥，是我们桃峰多少代人的梦想。过去只有桃花尖上的桃花仙子才能够办得到，现在你们居然办到了，你们真是天上派下来的神兵神将啊！”

高师长握住老人的手，和颜悦色地解释：“老大爷，我们不是什么神兵神将，我们是共产党领导的工农红军，是咱们穷苦人自己的队伍，架桥是我们应该做的！”

老人听了，眨巴着昏花的眼睛，嘴里不停地念叨：“红——军？共——产——党？谢天谢地，我们穷苦人有救星了，有救星了……”

图 3－17　军区桥留下的南岸桥墩

图 3－18　军区桥留下的北岸桥墩，一共 3 个。图中露出水面的石头为中间桥墩的一部分，上面搁的是大树做的桥梁，今已不存。

经过军民半个月的苦战，大桥终于合龙。红军战士与当地青年肩并肩站在冰凉刺骨的河水里，把最后一块拱桥石举过头顶，嵌牢在石桥的中央。

大桥竣工的那天，部队在龙河渡口召开了公审大会，桃峰民众愤怒地控诉了大地主龙霸大的种种罪行。大会宣布判处龙霸天死刑，立即执行。随着一声枪响，龙霸天那肥猪般臃肿的身体栽进了滔滔乌龙河水之中，见他的恶龙祖宗去了。

公审大会结束时，高师长站在桥头向桃峰民众讲话："我代表湘鄂赣省苏维埃政府宣布：从今天起，将龙河渡口归还给全体桃峰人民。从此，龙河渡口是人民群众的渡口，桃峰山区是劳苦大众的天下，红军永远和你们站在一起！让我们手挽手，肩并肩，向这个旧世界挑战吧！"如雷的掌声、欢呼声此起彼伏，震耳的鞭炮声响彻云霄，山民们敲锣打鼓，喜气洋洋，龙河渡口比过年还要热闹。山里的青壮年纷纷参加红军。

根据群众的一致要求，大桥命名为"军区桥"。陶山成眼睛里蓄满了激动的泪花，拿起石凿走到桥基石边，端端正正刻下"军区桥"三个大字，刻下了桃峰人民对共产党、对人民子弟兵的深厚感情……

二、修建凉亭群

1931 年至 1932 年，修水中心县苏维埃政府在苏区村牛头岭修建凉亭群，一是方便过往群众饮水与休息；二是为中共地下组织建立联络点，方便传递邮件。凉亭群共三栋房屋，坐落在上东山到古源无人居住的 20 千米路旁，依次为鲁家亭、望梅亭、关坳亭，均为土木结构。

图 3－19　鲁家亭遗址

图 3－20　望梅亭遗址

图 3－21　关坳亭遗址

鲁家亭位于东经 116°16′30″、北纬 29°8′34″，海拔 320 米，建筑物长 17 米、宽 7 米、高 6 米，一字排列，一厅四房，东边一间露出钥匙头，其余前面有 2 米宽的巷道。望梅亭位于东经 114°14′40″、北纬 29°3′11″，海拔 387 米，建筑物长 13 米、宽 7 米、高 6 米，一字排列，一厅四房，两边各一间房，带钥匙头，厅前是未开放的巷道。关坳亭位于东经 116°16′40″、北纬 29°9′64″，海拔 380 米，建筑物长 17 米、宽 7 米、高 6 米，一字排列，一厅三房，前面带半开放走廊。

第四章

根据地全民皆兵

苏区，是国民党反动派的眼中钉，他们无数次疯狂“围剿”，斗争形势异常残酷。中共修水县委、县苏维埃政府广泛深入动员地方武装和人民群众开展反“围剿”斗争。战斗场面轰轰烈烈、如火如荼，男女老少齐上阵，在各自不同的岗位上发挥了自己的作用，做出了应有的贡献，涌现了无数优秀的人物和动人的故事。本章收集了妇女交通员、儿童团员、老年夫妇、游击队员、赤卫队员、苏区干部等随机应变智斗白匪的故事，惊心动魄……

第一节　胡金嫂送米

1935 年夏，修水柏树冲一支 12 人的游击队被卢伯魁匪军包围，整整两天没吃过一粒米。白沙岭地下党组织在群众家里暗暗凑了六七升米却没法送去，党组织负责人周炳庚同志急得发愁。党小组会研究决定，还是由胡金嫂送去。

胡金嫂是红军战士冷得富的爱人。得富同志随中央红军长征后，她便带着一个 10 岁的孩子保生住在距柏树冲只有 7 里路的枫树坳。从枫树坳到柏树冲，沿途山坡起伏，林密如织，中途还有一座陡峭的红崖。由于历年的山洪冲刷，有的地方乱石拥簇，有的地方积沙成堆，崎岖难行。白匪军除有时到红崖以东的枫树坳一带抢东西外，一直没在此地长驻。胡金嫂经常在这条路上乞食，混得脸熟，白匪军甚至不会怀疑她的行踪；同时，她又是心向我党、非常可靠的群众，对革命不但有认识，而且有一定的贡献。游击队上山后，党组织曾请她送过几次粮食，她每次都能顺利完成任务。这一次，白匪军严密封锁，党组织思考再三，还是认为把这一艰巨的任务交给胡金嫂最合适。她接过任务，二话没说，把米往小袋里一装，背起就走了。周炳庚同志望着胡金嫂的背影，得意地说："胡金嫂这一下把我心上的一块千斤重的石头也背了去，真是好样的！"

中午，胡金嫂的孩子冷保生独自在家等妈妈回来。因为半天没有吃东西，肚子饿得咕咕叫。周炳庚同志派人请胡金嫂下山时，胡金嫂要保生好好看家，说到山下去给他带点好吃的东西回来。保生抱着这个美好的希望在家等候了几个小时，的确有点焦急了。也许是饥饿的缘故，他顿时觉得身上有点儿冷。正在这时，两只追逐着的山老鼠从他跟前蹿了过去，他不觉一怔，打了个寒噤。

他正准备尖叫，陡然想起爸爸经常说的："一个人越是觉得害怕的时候，越不能大叫。如果大叫，自己就会觉得越发害怕。"于是，他便蹑手蹑脚地从破床底下拿出那支心爱的小手铳，学着红军演习时冲锋的姿势向山鼠追去。山鼠跑得很快，拐个弯就连影儿也看不见了。

保生正拿着手铳寻山鼠呢，胡金嫂背着米进屋来了。这下可乐坏了保生，接过米就嚷着要妈妈煮白米饭吃。胡金嫂见保生那可怜的模样，不禁鼻子一酸，眼泪像山泉一样夺眶而出。接着，她扭过头去，背着保生用围裙揩干泪水，爱抚地摸着他的面颊说："崽，娘晓得你肚子饿了，但是这些米是山下老百姓凑给游击队吃的，我们不能吃。"保生一听到"游击队"三个字，便忙扯着妈妈的衫袖说："妈，游击队吃的我不要。我也要参加游击队，拿这手铳去打白狗子！"说着，他习惯性地用手铳在妈妈眼前一晃，学着红军立正的姿势站在胡金嫂面前。胡金嫂看到他那天真烂漫的样子，不觉心头一阵隐痛。她想，假如白狗子不来欺压苏区的老百姓，我母子俩有吃有穿。但是，现在卢伯魁的匪军像瘟神一样，到处给人民散播灾害，弄得我十岁的小保生也终日饿着肚子，那些狼心狗肺的家伙真该天诛地灭呀！想着想着，一股怒火冲上她的天灵盖来，她忙牵着保生那只握铳的手说："保生，你快些长大，长大了妈让你去当红军，打白狗子。可是，你现在年纪太小了，你这小铳有什么用呀？"保生轻轻地将小手一甩，说："不，妈，我这铳有用。小江说，前天白匪军在山背抢鸡时，他用这样的铳躲在旁边一放，两个匪兵就被吓跑了。"胡金嫂说："崽，白狗子只能吓一次，如果他们知道是小孩吓人的话，就会行凶的。"保生嘟着嘴说："我不怕，我会跑的！"胡金嫂正准备说话，两个匪兵凶神恶煞地争抢着一只鸡冲进门来了。胡金嫂机灵地往米袋上一坐，眼睛盯着地下，装作没看见他们。保生也伺机往屋后跑去。

匪兵的贼眼老在胡金嫂家转悠，胡金嫂像一座大山一样镇静地端坐在米袋上。为首的那个矮个子麻脸匪兵用枪指着她说："站起来，有什么吃的赶快拿来！"她抬头愤怒地看了他们一眼，装作听不懂他们说什么，又把头低下了。"站起来！""麻脸"用更大的声音又喝了一声，她仍然没动。她想，这袋米是山下老百姓凑给游击队的，就是要我的命，也不能给匪兵抢走。匪兵火了，将她揪起来一推，她被推得打了个趔趄，米袋便落入了匪兵手里。"麻脸"打开袋子一看，喜得眼睛眯成一条缝，忙说："我们正要找吃的呢！"抢到米的匪兵转身就想走，胡金嫂拼命向匪兵扑来，双手死死地拽着米袋。双方正纠缠时，屋后山上传来"砰"的一声枪响，又传来几声小孩的尖叫："红军来了！红军来了！"两个匪兵一听就明白是小孩吓唬人，便气不打一处来地朝屋后追去。这时，胡金嫂趁匪兵分神，一把夺过米袋。匪兵心想等教训了唬人的小孩再来夺米不迟，便忙向山上的保生追去。

"噼啪"几枪，胡金嫂好像胸口中了几颗子弹一样，心剧痛起来。枪声过后，她听见匪兵大声喊叫："土匪崽，不要跑，再跑就打死你！"胡金嫂这才意识到保生还活着。她的心里这时犯起了嘀咕：匪兵会不会追到保生？一旦追到，孩子就凶多吉少了，她得去救孩子，不然日后如何向孩子他爹交代？但转念一想，保生引开了敌人，现在是去送米的最佳时机，如果匪兵没有追到保生折返回来，米就要被他们夺去，游击队就要饿肚子了。胡金嫂一手提着米，一手抓着胸前的衣襟，从屋后跑到房前，又从房前跑到屋后，始终拿不定主意。这时，她想起临行时周炳庚同志的殷切嘱托，想起游击队被敌人重重包围。再不能犹豫了，她一咬牙一跺脚，将米袋往肩上一搭，直奔柏树冲而去。

没走多远，身后又传来两声枪响，胡金嫂的心怦怦直跳，但是，她这时再没心思考虑保生的安全了，只想着无论如何也不能让白狗子把米夺了去。于是，她加快了脚下的步伐，一路小跑。忽然，她眼一花，腿一软，摔倒在一堆积沙上。胡金嫂用了吃奶的力气，忍着痛挣扎着爬起来。她生怕米撒了，赶忙反手去摸米袋，却偶然抓到一把沙。胡金嫂的眼睛顿时一亮，心境豁然开朗。这时，那两个匪兵没追到保生，便扭头向山下追来。胡金嫂从身上解下围裙，将米倒在围裙中包好，藏在路旁的茅草丛里。然后，她将同样多的沙装进米袋里，用苎麻绳将袋口扎好，为故弄玄虚还像姑娘们扎辫子一样打了十几个结。胡金嫂扛起米，慢吞吞地朝前走去。不一会儿，那两个匪兵果然追来了。

"站住！赶快把米拿来！""麻脸"像野兽一样咆哮。

胡金嫂见状，苦苦哀求："老总，你们又不是不晓得我是讨米的，这袋米是我从山下老百姓家里讨来的，请可怜可怜我们苦命的母子俩吧！"

"麻脸"二话不说，跑过去对着胡金嫂的背上就是一枪托，胡金嫂"哎哟"一声倒在地上,米袋从肩上滑落。“麻脸”后面那提鸡的家伙忙将米袋夺去。胡金嫂清楚地听见“麻脸”得意扬扬地说:“我们到山下屋里杀鸡煮白米饭吃去,老子已经一个多月没打牙祭了。”另一个附和着说:“对,今天非放松裤带饱吃一顿不可!”

胡金嫂见敌人中计走了,喜得忘了伤痛。但她知道,如果敌人发现米袋里装的是沙,一定又会追来。于是,她起身将藏起的米包取出,提着就跑。

到红崖了,这里距柏树冲虽只有两里多路,却是一个很大的难关。崖高千尺,只有一条楼梯似的“野鸡路”通往崖顶,四周都是悬崖峭壁,飞鸟几乎都站不稳。正因为地势险要,白狗子从没到崖那边去过。有一次,一个白匪连长带着 20 个匪兵爬上了崖,我们的游击队从两旁树林一个包抄,打得匪军滚下崖去,20 多个人只有 3 人生还,其中还有一个摔断了一只胳膊。此后,白狗子再也不敢冒险上崖来。游击队把这崖叫作“红色铁城墙”,真是名副其实。

胡金嫂在崖下沉吟了片刻,就开始上崖了。她每往上走一步,腿上的肌肉就抽搐一下,她快要支撑不住了。但为了摆脱匪军的追赶,把米送到游击队手里,她就是爬也要爬上崖去。脚实在不能走了,她就将米包往腰上一系,双手攀着崖边的树枝,一步一步向崖顶跪爬上去。距崖顶只有丈把远了,这时又有白匪军在山下打枪。她不知道是不是那两个匪兵发现米袋被调包了追来,她只知道要尽快将米送到游击队手中,不然就辜负了山下老百姓的一片心。于是,她抓紧树枝想让身子直立起来。哎呀！这下更糟了,树枝“啪”的一声断了,她眼一花,人一仰,朝山下滚去。若不是几株并排的小树挡住了她的话,就掉下悬崖没命了。纵然在生死攸关的时刻,胡金嫂想到的还是腰间的米包,她死死地抱住米包,没有让米撒出来一粒。这一下,她连爬起来都困难了,她想翻动下身子,但腰间先是一阵疼痛,然后觉得酥软无力。好在山下的匪军忌惮有埋伏,不敢上崖,但时间就是生命,多耽搁一分钟,游击队就要多挨饿一分钟。她隐约听到山下的匪军叽里咕噜说话的声音,似乎打算多叫几个人上崖来。这可如何是好？她用手抚摸着米包,又获得了巨大的力量。她咬紧牙关,额上豆大的冷汗滴落下来,她终于爬了上去。刚爬到崖顶,她便晕倒在地上不省人事。

不久,听见枪声的游击队都到崖上来了,他们一发现胡金嫂,忙把她唤醒。

问明原因后，每个人都感动得流泪。

这天晚上，胡金嫂无论如何都睡不着，她半夜爬起来要回家看儿子。游击队劝不住，就派了几个人背着她下山。一到家，只见她的破茅屋被那两个匪兵烧了，儿子保生和周炳庚正在瓦砾中清理被烧焦了的杂物。

原来那两个匪兵没追到保生，又背了一袋沙子回去，气急败坏地一把火烧了胡金嫂的茅屋。机灵的保生猜到匪兵不会马上就走，于是没有回家而是从屋后绕到了山下，在山下碰见了周炳庚。周炳庚问明情况后就把他带到自己家去弄了点饭给他吃。当他们听到匪军烧屋的消息时，保生当夜就要回来看看情况，于是周炳庚便摸黑送保生回来。一看见胡金嫂和游击队员，周炳庚紧握着她的手许久说不出话来，最后才从喉咙里挤出一句话："胡金嫂，你太好了！"游击队员们见此情景，都说："嫂子不要难过，我们一定给你报仇！"

当天晚上，周炳庚同志把母子俩安排在另一个党员家休息了半夜。第二天清晨的党小组会上，周炳庚同志批准了胡金嫂的请求，吸收她为中国共产党党员。从此，柏树冲的游击队里便多了一名女将和一名小战士。

第二节　小英雄劫狱

中央红军主力北上以后，乌云笼罩着整个修水苏区，匪徒们不分日夜杀人放火、奸淫掳掠。地主反动武装在古市一带更加猖獗，实行了所谓"宁可错杀一千，不可放走一个"的残酷政策，四处搜捕、屠杀革命同志。

一天早上，区委杨书记等 3 人不幸被捕，群众个个暗地流泪。12 岁的儿童团长冷红生气得脸色发青，牙齿咬得咯咯响，半响说不出一句话来。原来，杨书记常来红生这个村给孩子们讲革命故事，教孩子们唱歌，指导儿童团的活动，给孩子们留下了深刻的印象。当孩子们听到杨伯伯被捕的消息，个个对敌人恨之入骨。

第二天，孩子们打听到杨书记被关在邻村一间牛栏里，这牛栏离白匪团部只有丈把远，又听说白匪日夜审讯，被捕的同志被打得遍体鳞伤。大家心里难过极了，红生更是气得坐立不安。他想，这回杨伯伯被捕，说不定会有生命危险。于是，他领着一班孩子，决定想办法营救杨伯伯。正好，游击队长虎生奉命前来营救杨书记。虎生是红生的舅舅，一来到红生家就把营救杨书记的打算告诉了红生妈。红生在旁边听到舅舅是来救杨伯伯的，高兴地拉着舅舅往里屋走去，两人很快便制订了劫狱计划。

之后几天，红生每天邀村里的儿童团员小林、国生、庆新到河里去捉鱼，把鱼送到白匪团部，伺机观察地形，找机会劫狱营救杨伯伯。果然，才两三天工夫，白匪就和这帮孩子混熟了，偶尔见他们来团部还会和他们开开玩笑。

一天，游击队员叔叔和孩子们商量，决定晚上动手劫狱。红生的任务是拖住匪兵，打开狱门；小林他们的任务是和游击队员叔叔一块儿，放火烧匪军团部。黄昏时分，红生把鱼送到匪军团部后径直往关押杨伯伯的牛栏走去。看守牛栏的匪兵是个大烟鬼，一见红生便叫他给点个火。烟点着了，红生便和那个匪兵拉起家常来。这天夜里，黑得伸手不见五指，夜风吹得树枝沙沙作响，村里一片寂静。突然，匪军团部的房屋着火了，火势瞬间蔓延到屋顶，红透了半边天。匪兵们吓得乱成一团，那个看守牛栏的匪兵赶紧掐灭了烟头去救火。见时机成熟，红生赶忙从口袋里拿出老虎钳把牛栏上的锁扭开，然后进牛栏拿刀割断了绑在杨书记他们身上的绳子。红生紧张地说："杨伯伯，你们朝南跑，我舅舅在山脚下等着你们。"杨书记听清是红生的声音，便忍着伤口的疼痛，赶紧带着其他同志朝南跑去。

转过一座山，虎生和三个游击队员早已在那里等着他们了。没多久，红生和小林他们也摆脱敌人跟了上来。杨书记和虎生亲切地握手，回过头又把孩子们亲了又亲，说："谢谢你们为革命做了一件很有意义的事情。孩子们，该回去了，你们的妈妈在等着你们哩。"

杨书记和游击队员与这群孩子分别后，又投入了新的战斗。

第三节　智护交通员

土地革命战争时期的一个夜晚，天色黢黑黢黑的，伸手不见五指。在湘鄂赣边界的崇山峻岭间，暴雨倾盆，雷电交加。在闪电的强光下，隐隐约约看得见一幢快要倒塌的茅草屋。突然，远处传来“砰砰砰”的几声枪响，狗也跟着叫了起来。

漆黑的房子内，松大伯惊醒了，他推了推身边的老伴松大妈，说：“老婆子，你听听，大概是白狗子又来抓人啦！”话音刚落，屋外便有人敲门。来人轻轻地敲了三下，低声问：“有人在家吗?”松大伯一骨碌翻身下床，披上那件满是补丁的破夹袄，应道：“哪一个?”外面回答：“我是一个打猎的，遇到了一群狼。”松大伯听了一愣，“是自己人。”他忙把门打开，让屋外的人进来。夜空中又是一道闪电，借着电光，松大伯看清楚了站在自己面前的是一个20多岁的年轻人，他喘着粗气，浑身湿透了。松大伯问：“你叫什么名字?”“李铁红。”“老头子，你料理一下，我去门外看看……”松大妈边说边出了屋。李铁红忙说：“大伯，时间很紧，我不能多留。请问去桃树坳该走哪条路?”“门前小路沿港上……”松大伯还想说什么，忽然，外头的狗叫得更凶了。松大妈跑进来把他的话打断了。“快！白狗子快进村了！”李铁红一听，便说：“谢谢你们的指点。大伯，大妈，我该走了。”松大伯一把拦住他说：“外面黑灯瞎火的，我看先避开这群恶狼再走好些！”“那……那……那会给你们带来很大风险的。”李铁红异常激动地说。“别说那些了。快！”松大伯领着李铁红来到里屋一个阴暗的角落，迅速挪开水缸，打开带着土层的木板盖，指着说：“这是薯窖，还有个出口在山脚下，你先在这里躲一会儿，不管外面发生什么事，你都要冷静，千万不要出来。”李铁红应了声“好”便进去了。松大伯和松大妈刚刚把屋里的一切摆设复原，屋外就响起了叫骂声和踢门声：“快开门！快开门！”

屋内静了好一会儿，才点亮了小油灯。松大伯干咳了一阵，趁机把插在窗边那地下交通站的信号——艾叶收起来，才将门打开。头一个冲进来的白狗子是个麻子脸，他恶狠狠地骂道：“老骨头，动作怎么这样慢?!”“我们睡着了。”松大伯应道。“麻脸”又对身后的几个匪兵喝道：“给我仔细搜。”白狗子们一窝蜂似的进了屋，翻箱倒柜，搞得屋里乱七八糟。这边，“麻脸”抓着松大伯的衣领，咆哮着：“你要是窝藏可疑分子不报，被我们查到了，就把你熬出油来！不过，如果你知道，现在说出来为时不晚。我讲话一向算数，奖你光洋 50 块。”松大伯蔑视地“哼”了一声，回答：“长官，我实在是什么都没看见！”“你家几口人？”“三口人，儿子前些日子被你们抓去修工事了。”松大妈也在一旁帮腔：“是呀！家里只剩我们老两口，不信，你们搜吧！”

这时，一个白狗子从外面跑进来，站在“麻脸”面前立正报告：“排长，我们在屋附近搜查了好久，都没发现什么可疑分子。”一会儿，又一个进来报告：“我们也没有发现什么。”“麻脸”一听火冒三丈：“你们都是饭桶，快给我继续搜。晚上搜不着，白天继续干。明明看见他往这里跑的，怎么一下子就没影了？”刚进来的两个白狗子，马上又跑出去了。屋内，几个白狗子还在继续搜查。其中，一个瞎了一只眼睛的匪兵，端着小油灯，走到水缸边，这里照照，那里瞧瞧。然后，他把灯递给松大妈，准备移动一下水缸看看。松大伯见“独眼龙”在水缸边搜查，心都提到了嗓子眼，但脸上却和平常一样镇静。他趁“麻脸”不备，向松大妈使了一个眼色。松大妈理解松大伯这时的心情，急中生智，突然惊叫一声：“哎呀，老鼠！”小油灯便从手中滑落。松大伯装作去接又没接住的样子，让灯盏落了地。油泼灯熄，屋内一片漆黑，白狗子们乱作一团。松大伯将计就计，假装斥责松大妈：“你这个没有用的东西，一只老鼠从脚边跑过也大惊小怪。”松大妈喃喃地应道：“它爬到我脚面上了。”松大伯继续斥责：“家中已经没油了，你还把油泼在地上，败家娘们儿！”松大伯边说边做出要打松大妈的样子。“麻脸”本想开口骂人，见此景，只好呵斥手下：“快去找松明来，真是越急越出事！”

不一会儿，一个匪兵举着火把进了屋。“麻脸”对着几个匪兵高声训话：“继续搜查，认真些。在谁的手里放走了‘共匪’，我就要谁的脑袋。听见没有？”众匪兵齐声应道：“听见了。”“麻脸”说完，刚想跨出门槛，就被屋外跑进来的一个瘦猴般的匪兵一头撞了个趔趄，气得揍了那个匪兵一拳，骂道：“你眼睛长到裤裆里去了。什么事跑得这样急？”“瘦猴”抬头一看撞到了上司，吓得伸了伸舌头，结结巴巴地说："报告排长，'共匪'，抓……抓到了。""麻脸"一听便问："在哪？""等一下就会押到。"

"好，我要在这里亲自审问。""麻脸"乐得合不拢嘴，露出两颗又黄又黑的大门牙。

屋内的白狗子一听说人已抓到，就不再继续搜查了。松大伯和松大妈也听到了"麻脸"和"瘦猴"的对话，心生疑惑地对视了一眼。片刻，屋外押进来一个人。"麻脸"立即从一个匪兵手里接过火把，在那个人脸上照了照，扬扬得意地说："嘿嘿！知道吗？你就是神通广大的孙悟空，也逃不出我的巴掌心。"那个人怒视着"麻脸"不作声。借着火光，松大伯和松大妈也看清了被抓之人的相貌，不由得大吃一惊。眼前被绑住的不正是自己冒着生命危险搭救的李铁红吗？他不是藏在自己家的薯窖里，怎么又会落到敌人手中呢？

原来，李铁红虽然藏在松大伯的薯窖里，但对屋内敌人的搜查活动，都听得一清二楚。当"麻脸"向匪兵们布置任务"晚上搜不着，白天继续干"时，他心里暗暗着急起来。党组织要他在凌晨5点钟以前，把情报送到桃树坳的赤卫队。现在，时间一分一秒地过去，敌人却不走，怎么办？再说，藏在薯窖里，一旦被发现，势必会连累大伯大妈。李铁红突然想到进薯窖时，松大伯不是说过还有个出口吗？何不利用敌人都在屋内搜查的机会，试试能否冲出去。想到这里，他轻手轻脚地从山脚下那个隐蔽的洞口爬了出来。他立起身子，四下里看了一下，见没匪兵便迈开步子走。谁知没走多远，就被匪军事先安插在路边的两个暗哨发现了。于是，李铁红就这样被他们抓住了。

说时迟那时快，危急时刻，松大伯急中生智，冲上前去拉着李铁红喊道："志祥呀，你可回来了。"松大妈听松大伯这样一喊，也得到启发，上前拉着李铁红又哭又喊。李铁红知道是松大伯和松大妈在设计救他，便关心地说："爹！妈！这几天，你们在家一定等着急了吧！?"松大妈含着眼泪说："我们老两口，只有你这么一个儿子，哪有不想念的！""麻脸"和几个匪兵一听，都有些莫名其妙，便问："他真是你的儿子？""怎么不是？他被捉去修了好几天工事。""在哪里？""在杨柳村。""麻脸"暗想，杨柳村确实有些抓来的壮丁，但他还是不放心，又问:“为什么半夜三更回来?”李铁红沉着回答:“半路上躲了一阵雨。”“麻脸”问不出什么破绽,就威胁松大伯和松大妈,喝道:“明天一早,我让保长来认人。如果他不是你们儿子,你们到时候吃不了兜着走!”松大伯望着“麻脸”轻蔑地笑了笑,回答:“行呀!”“麻脸”见松大伯的口气这么坚决,只好命令匪兵们把李铁红身上的绳索解开。但他贼眼珠一转,又心生一计,便故意高声喊道:“弟兄们,沿港上继续搜查!”说着,“麻脸”带着白狗子们出了松大伯的家。在偏僻处,他悄悄对一个塌鼻子的匪兵班长布置:“你带两个弟兄,继续在房屋四周监视。一有动静,立即鸣枪三声作为信号。其余的人跟我沿路去追查,我顺便再到保长那里,叫他到这里对质。”“塌鼻子”奉承地连声称好:“高见,高见。排长,有我在这里,你就放心吧!”“麻脸”带着白狗子走了,“塌鼻子”等三人分别龟缩在不同的角落里窥视。

再说,白狗子们刚离开松大伯家,李铁红低声对松大伯、松大妈说了声“谢谢”,转身就想走。松大伯拦住他,再三叮嘱:“别急! 让我先出去探探虚实,莫上了敌人的当。”李铁红有些焦急地对松大伯说:“时间紧任务重啊!”他把自己要完成的紧急任务对松大伯、松大妈说了一遍。松大妈望了望窗外的夜色,说:“离天亮大约还有两个时辰,从这里到桃树坳,只有十几里路,来得及。”松大伯也说:“再等等!”他边说边准备出屋。刚把房门打开,一个人影突然出现在他面前。他先愣了一下,那人叫了声“爹”,他再仔细一看,是自己的儿子志祥回来了,顿时热泪夺眶而出,不知说什么好。

松大伯只有这么一个儿子,前些日子被白狗子抓走了,一点消息都没有。老伴由于想念,常常落泪,松大伯心里也不好受。现在,儿子又好好地出现在他眼前,这怎能不叫他高兴呢!? 但是,松大伯转念一想,白狗子还没走远,便低声交代志祥:“外面可能有狼!”“来过我们家?”“来过。有一群,搜查一个猎人。”谈话间,李铁红又急着要走,被松大伯一把拦住。突然,屋外传来脚踏泥浆的跑步声,接着一声狂叫:“抓住他,别让他跑了!”此刻,松大伯仿佛望见桃树坳赤卫队正焦急地等着情报。他心里暗想:“对! 革命要紧!”松大伯灵机一动,计上心来。他立刻指了指和桃树坳相反的方向,低声对志祥说:“你快跑,把来的这群狼引走!”松大妈也忙说:“快! 要快!”志祥心领神会,拔腿就跑。志祥前脚刚走,“塌鼻子”等三人后脚就到。“塌鼻子”用枪对准松大伯,质问他:“快说! 不说老子毙了你! 刚才一个人影在你屋前停留,是谁?”松大伯机智果断地回答:“老总,是共产党的交通员。他想在我这里歇脚,我可没答应!”“塌鼻子”一听火了,揍了松大伯一拳:“你为什么不抓住他,还让他跑了。”“他……他……他有枪嘛!”“往哪里跑的?”松大妈边扶着跌倒在地的松大伯,边指着远处说:“往那个方向跑的!”“塌鼻子”鸣枪三声后,带着两个匪兵追过去了。

“这一伙吃人不吐骨头的豺狼!”松大伯指着“塌鼻子”等三人的背影骂道。他在松大妈和李铁红的搀扶下站了起来,转身指着桃树坳的方向,对李铁红说:“现在你可以走了,朝那个方向不会错!”李铁红含着热泪,激动地说:“大伯,你……”后半句话哽住了,说不出来。松大伯拍着李铁红的肩膀,嘱咐道:“别管我,革命要紧。铁红,你抓紧时间,走吧,一路上多加小心。”李铁红紧紧握住松大伯、松大妈的手,回答:“是的,革命要紧! 大伯、大妈,我——走啦!”很快,李铁红的身影消失在夜色中。

话分两头,再说“麻脸”领着人在路上继续搜查,忽然听到背后传来三声枪响,知道有了新情况,忙喝道:“弟兄们,跟我走,快!”他带着匪兵们沿着回头路,跑步向前。回到松大伯家附近,“麻脸”瞅见一个人影往树林里钻,而人影后面不时响起枪声。“麻脸”立刻让匪兵们散开,拦住那人的去路。就这样,那人由于寡不敌众,被匪兵们用绳索绑了。那人就是舍身引狼的志祥。“麻脸”用枪口顶着他的太阳穴,问道:“你叫什么?”志祥挺起胸膛,故意拖延时间,半天才回答道:“要知道我的姓名,你去问保长!”“你活腻歪了,为什么要当‘共产党’? 说!”“为了消灭你们这群白狗子!”“塌鼻子”在一旁气得暴跳如雷:“你敢再骂,我叫你吃颗铁制的花生米!”“慢!”“麻脸”一脚踹开“塌鼻子”,骂道:“你这个笨蛋,你不想要光洋了?”“塌鼻子”讪笑一声,用枪口顶了顶头上的帽子,缩在了一旁。“麻脸”下令:“押着‘共军’,走,回连部。”

天渐渐亮了,泥泞的山路上,匪兵们押着志祥走在前头,有一个人像条黑狗,连滚带爬地迎面而来。走近一看,是这里的保长。他一见“麻脸”,上气不接下气地说："王……王排长，不好了，红军和穷鬼们，一早把我们的乡公所占领了。刁连长被打死，你爹被捉走，他们正在分仓库的粮食……""麻脸"一听，急得直跺脚，骂道："唉！我们上当了！"保长接着问："王排长，一大早你从哪里来？""麻脸"指了指身后的志祥，没好气地回答："还不是为了抓这个'共军'。"保长上前细看，惊奇地说："原来是你呀！"他转身问"麻脸"："王排长，这小子我认识。他是埂背那老头子的儿子，这些日子被我派人抓去修工事。怎么又落在你的手里？""麻脸"连忙又问："埂背那个老家伙有几个儿子？""只有这一个。""糟了，""麻脸"边说边狠狠打了"塌鼻子"一记耳光，"叫你认真监视，你却放走了真的'共军'，把个假的抓来了。""塌鼻子"被这一耳光打得晕头转向，张口结舌："排长，我……我……我去追。""晚了，晚了——""麻脸"话音未落，"砰"的一枪，从对面路旁正射中"麻脸"左肩，痛得他狂叫："中埋伏啦！"顿时，枪声四起，志祥趁机滚进路旁的草丛里。"麻脸"抱着脑袋，扭头就跑。"塌鼻子"和两个匪兵当场被击毙，其余的人都乖乖地成了赤卫队的俘虏。志祥得救了，李铁红感激地握着他的手。赤卫队员一查尸首、俘虏，只少了"麻脸"。"他跑了。哼！跑得了和尚跑不了庙。快！"一声令下，志祥领路，带着赤卫队员拼命追。

"麻脸"连滚带爬，又上了埂背。松大伯和松大妈在屋里也听到枪声，正想出去看看是怎么一回事，只见"麻脸"正远远地爬上坡。老两口立即进屋，松大伯抄起一条扁担，松大妈拿着一把柴刀，躲在门后。等到"麻脸"慌慌张张地从门前走过，松大伯立刻冲出门，对准他后脑就是一扁担。"哎呀"一声，"麻脸"只觉脑后生风，将头一偏，扁担打在他右肩上，手里的枪被打落了。"麻脸"正想弯腰捡枪，松大伯飞起一脚，把枪踢下了山沟。"麻脸"见情况不妙，拔腿又想跑，身子却被松大伯死死抱住。松大妈忙进屋找绳子，"麻脸"见松大伯不肯撒手，遂从腰间拔出一把短刀，刺向松大伯……在这紧急关头，志祥和赤卫队员赶到了。"砰"的一枪，正中"麻脸"持刀的右手，短刀"哐当"一声掉在地上。大家忙上前，七手八脚地把"麻脸"绑了。松大伯笑着要大家进屋坐一会儿，赤卫队员中有个人亲切地叫了声"大伯，大妈"，松大伯和松大妈转身一看，那不是李铁红吗？于是，粗糙的两双手紧紧地握在一起，眼睛里饱含着热泪。半天，李铁红才对周围的赤卫队员说:“这位就是我刚才说的松大伯,是他和大妈帮助我按时给你们送到了情报!”松大伯擦了擦额头的汗,笑着说:“都是为了革命嘛!”松大妈也补了一句:“这是应该的。”李铁红接着说:“今天一早这场战斗,赤卫队统一行动,捣毁了乡公所,消灭了敌人一个连。这仅仅是我们胜利的开端,更大的战果还在后头呢!”

人们热烈地谈笑着,这时一轮红日冉冉从东方升起,灿烂的朝霞染红了山岗、树木、茅屋。一个年轻人从山脚带来一个通知:今天乡里召开批斗恶霸地主的庆功大会。李铁红听了说:“好。我们这就去。”下山的路上,春风送暖,杜鹃花开,松大伯和赤卫队员们押着“麻脸”向会场走去……

第四节 漫山摆战场

画坪人民群众在中国共产党的领导下,为了保卫自己的家园,为了捍卫革命成果,不仅男女老少齐上阵,各尽所能,而且利用一切熟悉的有利地形打击来犯之敌,消灭敌人于不知不觉、无声无息之中,打得敌人晕头转向。苏区人民的策略是只让我们打敌人,不让敌人打我们。

一、遍地是战场

桃峰山地形复杂,树林茂密,隐蔽条件极好,山民们了如指掌,国民党军却糊里糊涂。尽管敌人武器先进、人多势众,但是在这里发挥不了优势,往往被动挨打。

1. 崖前洞战斗

1933 年 2 月 13 日,县苏维埃政府主席樊明德率县保卫大队和机关人员在崖前洞对来犯的国民党军第五十师一个团进行阻击,打死、打伤敌人 20 多人,为红三师在周家坳伏击敌二十六师创造了有利条件。在撤退中,身先士卒的县委宣传委员桂少恒见小号手还未撤退,便拖后掩护,不幸中弹牺牲。

图 4－1　县保卫大队阻击战阵地旧址——画坪村崖前洞。战场地处画坪与全丰镇老苏区村交界处，是路口、全丰来敌进入画坪的必经之路，也是画坪的前沿阵地。

2. 田家湾战斗

1933 年 5 月 2 日，县苏维埃政府副主席戴和生率第七区游击队、赤卫队协助红十六军第七师利用全丰田家湾有利地形，对进犯塘城坳的敌新编第十师、太清与通城两股团匪迂回包围，激战两个小时，歼敌 100 多人，缴获机枪 2 挺、步枪 200 多支，成功保卫了画坪的西大门塘城坳。

图 4－2　全丰田家湾战斗遗址

3. 枫篷坑战斗

1934 年 3 月 8 日，中共赣北特委委员甘特吾、樊明德接到红十七师师长萧克求援接应指令后，立即率县保卫大队与区游击队来到前官家岭枫篷坑设防。他们用炸山上石块与投掷滚木的方法分别打退了敌人两次登山冲锋，粉碎了敌二十六师想占领前官家岭、包围红十七师的阴谋，让红十七师成功撕开一个口子跳出了包围圈，为红十七师在桃峰山下突围、山上休整，提供了军事支援与后勤保障。

图 4－3　前官家岭枫篷坑阻击战战场遗址。战场地处画坪与古市交界处，是画坪的前沿阵地，是古市东山通往画坪的要道。1928 年 9 月，红五军驻东山桐树墩，将部分重伤员留在官家岭养伤。

二、满山是武器

1934 年 6 月，协助红十六师掩护省委机关的突围之战，参与人数之多、范围之广、战斗之惨烈，都是画坪前所未有的。小孩站岗放哨，老人送饭、送情报，妇女做饭、洗衣服、照顾伤员，壮年人挑粮、运货、运子弹上战场。

主力红军突围后，县委机关，县保卫大队，半山医院部分伤员，各乡游击队、赤卫队等 1000 多人被敌人重兵围困在画坪，一场反“围剿”的游击战在画坪展开。我方化整为零，在运动中寻找机会，在暗处狙击敌人，借地制敌，借物制敌，创造了黄蜂战、滚筒战、坑道战等游击战法，有效地打击了敌人。

1. 黄蜂战

1934 年 6 月中旬，上源团匪带领国民党军第五十师部分人员从西向东进犯苏区。敌人一路烧杀抢掠。樊明德与画坪游击队员樊梅生、桂清林看在眼里，恨在心里。正待敌人从慕珩屋向坪上进发至下大沟时，他们忽然发现路旁枫树上的三窝黄蜂。樊明德向另外两人做了个手势，三人不约而同举枪射击三窝黄

图 4－4　樊明德黄蜂战旧址——慕珩屋至坪上之间的大沟。这里是全丰通往画坪坪上的必经之地。

图 4－5　当年吊黄蜂窝的大枫树之一

蜂。狂乱的大黄蜂扑向敌人,蜇得敌人抱头鼠窜,哭爹喊娘。敌人被黄蜂蜇伤100多人,只能原路返回。县委率地方武装成功地阻击了西路敌人东进,保护了慕珩屋以东地区未受敌人侵犯,保卫了坪上人民的生命财产。

2. 游击战

南路来敌,遭东南乡苏维埃政府主席傅怀保一行阻击,乡苏维埃政府干部采取"打一枪,伤一个敌人,换一个地方"的战法,打死、打伤了10多个敌人,敌人进犯到杨梅尖徐家不得不半途返回。

图4-6 画坪官家岭游击区

图4-7 全丰嵧里游击区

3. 滚筒战

1934年8月,敌人第二次进犯画坪,走全丰嶆里“围剿”,兵分三路从山顶、山腰、山脚发起进攻。桂清林、冷道东、王继员预先就组织群众分别在石皮沟、井下沟、大沟、焦窝沟的路上100米以上高处堆石块与树筒,待敌人在下面路上经过,分批抛的抛、推的推,向敌人砸去,将中路进犯的敌人打伤几十个,成功将敌人阻击在慕珩屋以东。

图4-8 画坪滚筒战阵地

三、花石咀阻击战

1928年农历五月的一天凌晨,点点星光还闪烁在一望无际的苍穹中。侦查员小胡和小王累得满身大汗,上气不接下气赶回游击队驻地,爬上花石咀山顶，向日夜坚守在炮台阵地的游击队长报告：“我们已侦察到可靠情报，今天九曲岭团匪要来进攻我们，扬言要烧光房屋，杀光游击队员，活捉游击队长。”

游击队长立即召开驻守在炮台的全体队员会议，部署打好阻击战：一是把所有的檀树炮都装满弹药，安排发射手架好檀树炮，选好各自的炮击点，保证不放空炮；二是检查已安装好的滚石设备，要求备足石头，放滚石时做到眼疾手快；三是鸟铳手备好备足硝子纸引，配合梭镖手，在炮击后追杀逃散的白匪；四是在炮台附近10米范围内选择两棵大树做瞭望台，等白匪进入炮击范围，听队长指示推滚石、放檀树炮；五是九点前保证准备完毕，十点钟各就各位，防止白匪午饭时间乘虚而入。安排完毕，所有游击队员各就各位。

中午时分，敌人进入我军的炮击范围内。“打，给我狠狠地打！”游击队长一声令下，只听见“咚咚咚”，刹那间，五个地方的滚石齐放，十几门檀树炮接二连三地发射。气势汹汹的白匪被这突如其来的炮弹、滚木、滚石和鸟铳子弹打得进退失据，连人带马滚下峭壁山崖的不计其数，被炮弹、子弹击毙击伤的沿路到处都是，剩下没有中弹的白匪吓得屁滚尿流，跌跌撞撞地往树林中逃去。游击队员抄起鸟铳和梭镖追去，直杀得白匪抱头鼠窜。

花石咀阻击战沉重地打击了白匪嚣张的气焰，灭了白匪的威风，保护了画坪老百姓的生命财产。

图4-9　花石咀战斗遗址

图4－10　湘鄂赣苏区安华县驻地遗址——全丰嶆里安华屋。安华县是用来麻痹敌人的县名,实际上是土地革命战争时期湘鄂赣革命根据地组建的边区县。红五军、红十六师、红十七师指挥机关先后驻于此。

图4－11　红军在画坪牛桠山挖掘的战壕

图 4 – 12　红军、游击队、赤卫队在画坪战斗时使用过的步枪、手榴弹、军号、罐子炮、手枪套、炮弹和子弹、马刀、子弹箱。

第五章

东征西战巧周旋

在国民党反动派重兵“围剿”的日子里,英勇的红军指战员在中国共产党的领导下,在人民群众奋不顾身的支援下,顽强、机智地抗击敌人,湘鄂赣苏区依然坚强挺立,依然红旗漫卷。有民歌自豪地唱道:“敌有水机关,我有茅草山。敌有迫击炮,我过了几只坳。”

第一节　周家坳大捷

1933年2月，红三师转战至画坪，国民党军第三十三师尾随而至，配合第五十师妄图消灭红军。13日，国民党军兵分三路：一路从桃丰坳，一路从沙壁塝，一路从王家林包围红三师。红三师、修水独立团在周家坳、沙壁塝一带设下埋伏，迎击来犯之国民党军。激战半日，打死、打伤国民党军100多人，俘虏200余人，缴枪300余支。待国民党军其他两路赶到，红军早已结束战斗安全转移。

图5－1　红三师周家坳战斗遗址

第二节　汪坪退追兵

1934 年 3 月 7 日，为了甩掉国民党军，减轻湘鄂赣省委的压力，红十七师第二次向修水疾进。中共修水台庄中心区委书记樊德发、游击队长吴春满迅速派出 20 多个向导替部队带路，在塔头击退国民党军第二十六师和第五十师一部的堵截后，红十七师翻越回龙岭，绕过狭路口上的中心碉堡群，于 8 日清晨到达古市岭。

这时，国民党军第二十六师师长郭汝栋令所部李、张二旅分两路追击。李旅先行咬住红十七师于古市岭，红十七师指战员发扬顽强不屈的精神，不顾疲劳，迅速登上汪坪、长湖、柞树坳一带的高地，与国民党军展开激烈的战斗，从清晨打到晌午。不久，国民党军第二十六师的王旅赶来增援。中共修水县委书记樊明德、县苏维埃政府副主席戴和生闻讯，迅速派出游击队、政治保卫队和赤卫队来到前沿阵地支援。他们一面替红十七师引路，占领有利高地；一面骚扰国民党军左右两翼，配合正面战场打击敌人，同时就地动员机关干部和当地群众烧水送饭，组织担架队抢救伤员，有力地配合主力红军对敌作战。

图 5 – 2　红十七师突围战斗遗址——仙人撒网

这次战斗，国民党军虽然兵力占绝对优势，但红十七师在地方武装的配合下进行有力反击，使国民党军丢下600多具尸体和几百名伤兵，狼狈溃逃。战后，红十七师向画坪转移，国民党军在东山、南山和古市岭一带见男人就拉去抬伤兵、运东西，见女人就侮辱，见东西就抢，老百姓更加憎恨国民党反动派。

图5-3 红十七师参谋长李达在画坪休整时的旧居

李达简介

李达（1905—1993），陕西郿县（今眉县）人。1927年，毕业于西北军第二军官学校。1931年，参加宁都起义。1932年加入中国共产党，同年11月起任红八军参谋处处长、红十七师参谋长兼五十团团长，参与指挥抗击国民党军对湘鄂赣苏区的进攻，并配合红一方面军作战。后任红六军团、红二军团和红二方面军、援西军参谋长。抗日战争和解放战争时期，历任八路军一二九师参谋长兼太行军区司令员，晋冀鲁豫军区、晋冀鲁豫野战军、中原军区、中原野战军参谋长，第二野战军参谋长兼特种兵纵队司令员、政治委员。新中国成立后，任西南军区副司令员兼参谋长、云南省军区司令员、中国人民志愿军参谋长、国防部副部长、中国人民解放军训练总监部副部长、国家体委副主任、解放军副总参谋长等职。1955年被授予上将军衔。

第三节　画坪突围战

1934 年 5 月，湘鄂赣省委机关从万载小源转移至修水画坪，在转移过程中被敌军三个团的兵力重重包围。红十六师师长高咏生率领部队掩护省委机关突围，由于敌我兵力悬殊，红军损失惨重。

湘鄂赣省委、省苏维埃政府机关转移到画坪不久，国民党反动派再次派重兵“围剿”，将画坪这一弹丸之地重重包围。国民党西路军总司令何键急调通城第三纵队张团到大盘山、苦竹岭、南楼岭一线，调修水陈团至荣坑、上源一线，调第二纵队杨团到大港沿、古市岭一线，调平江东部傅团和邓旅两个营至水源、白沙岭一线，加上吴抚夷保安团一起，包围画坪，逐步缩小包围圈。

6 月初，为了摆脱国民党“围剿”，中共湘鄂赣省委采取声东击西的战术，命令红十六师一部向鄂东南突围，然后再折回修铜宜奉边。红十六师一部由师长高咏生率领向鄂东南方向猛攻，在崇阳大沙坪与国民党军第二十六师两个团激战，红军损失严重，不得不退回画坪。

6 月 7 日，为牵制敌军主力，让省委机关安全转移，红十六师师长高咏生决定由所部主力掩护省委机关向修铜宜奉边的龙门山区转移，在掩护转移时，红十六师四十六团、四十八团遭遇强敌围攻，激战半日，再受重创。

师长高咏生亲自带领 20 多人从画坪向鄂南挺进，途经修水全丰大湖山，遭反动民团袭击。高咏生左臂负伤，不幸被捕，被关押在大湖山山顶一户农民家中。

6 月 9 日晚，月黑风高，高咏生假装去解手，民团匪徒游理中和另一名匪兵跟着他。走至屋前，一阵风把匪兵手中的灯吹灭，高咏生趁机把匪兵打倒在地，迅速向门前竹林跑去，游理中二人盲目地连开数枪，高咏生消失在苍茫的夜色里。为逃离魔掌，高咏生在漆黑的深夜一路狂奔，由于地形不熟，在一个叫脚鱼潭的地方，不幸坠入悬崖，壮烈牺牲，年仅 26 岁。次日，紧追不舍的敌人在悬崖下边找到了高咏生的遗体，并残忍地割下他的头颅，送南昌行营请赏。附近村民悲痛地掩埋了他残缺的遗体。不久,他的爱人、修水县苏维埃政府妇联副主任李训贤,在桃峰山战役中壮烈牺牲。

图 5-4　全丰大湖山

图 5-5　红十六师师长高咏生牺牲地——全丰上源

高咏生简介

高咏生(1908—1934),湖南省平江县人。1924 年 5 月,加入中国共产党。1927 年 9 月,参加秋收起义。1929 年,任红五军第一纵队第一支队党代表。1930 年 8 月,任红十六军第七师师长、第九师师长兼政委、代军长,领导湘鄂赣苏区五次反“围剿”斗争。1932 年,任红军第五分校校长。1933 年,红十六军改编为红十六师,任师长。1934 年 6 月,牺牲在修水全丰。

樊废级简介

樊废级(1902—1934),修水大桥人。1926 年加入中国共产党,同年 8 月受党组织派遣回乡组织农民运动,历任中共赣西北特别第二区委书记,修水县委秘书,县委、中心县委组织部部长等职。1934 年 6 月,在画坪突围时牺牲。

杨慰春简介

杨慰春(1904—1935),修水全丰人。1930 年参加乡赤卫队。1934 年 7 月,任七区游击队政委、修通游击队队长,以修水嶆里、古源为中心开展游击斗争。1935 年春,修通县委组成以杨慰春为主任的 13 人工作团,坚持艰苦的三年游击战争。1935 年 6 月,杨慰春在通城黄袍山与上源团匪的战斗中,身负重伤。在敌人逼近的紧急关头,他忍着剧痛,将打光了子弹的手枪拆毁,抛入山谷中。团匪冲上阵地,杨慰春壮烈牺牲。

第四节 转战赣鄂边

1928 年，红五军在湘鄂赣边盘旋游击，军长住在杨柳春家。受红五军的影响，年仅 20 岁的杨柳春就同哥哥组织赤卫队闹革命。他的一家从此都走上了革命道路。

一、在红十六军的战斗生涯

1930 年 8 月，红十六军在湖南平江成立，修水游击大队副大队长杨柳春被调到军部任军需处处长，在保障全军 5000 多人的给养和军需物资供应方面做出了贡献，受到了军政治部的表扬。后红十六军改编为红十六师。

1934 年 5 月，驻扎在修水画坪的中共湘鄂赣省委向修铜宜奉边转移，修水县军事部副部长杨柳春带着县独立团 100 多名战士补充到红十六师四十六团，杨柳春任连长。1935 年 1 月 30 日，刚刚重建的红十六师在崇阳大源与敌五十师三〇〇团的战斗中，猛烈地扑向敌人，很快将敌人的两翼打垮。此时，卢源岭龙垠上的敌军机枪点，凭着居高临下的地理优势，负隅顽抗，疯狂扫射，阻碍了我军前进。杨柳春自告奋勇向师长徐彦刚请战，组织突击队，从一条隐蔽的山沟爬上陡坡，悄悄摸到敌后，将一颗颗手榴弹甩向敌人的机枪手……红十六师立马向敌人发起猛烈的冲锋，打垮了猖獗一时的敌五十师三〇〇团，取得了胜利。

2 月 18 日，我军到达崇阳高枧，原属东北军的敌一〇五师三团二营一个连也同时到此，奉命“进剿”我军。敌人初到南方山地，远离被日寇占领的家乡，士气低落，仓促地钻进敌三十三师修筑的一个大碉堡中。我军一面对敌展开政治攻势瓦解其斗志，一面佯攻以威慑敌人。杨柳春带着战士，冒着枪林弹雨，顶着铺了浸湿的棉絮的方桌，越过壕堑，冲到碉堡下面，举着炸药包，高声喊道：“白军兄弟们，如再不投降，我们就要炸毁碉堡了！”里面的敌人吓慌了，枪声沉寂一阵后，碉堡上头支起了白旗。经过一番交涉，敌人放下武器走出碉堡。此战缴获步枪 70 多支、轻机枪 10 挺。

7 月中旬，由师长徐彦刚率领的红十六师四十六团由麦市突围，转战鄂东南。8 月 20 日，红军来到阳新黄颡口，乘船东下瑞昌码头镇。为防敌人阻碍我军登船，团政委赵改中命杨柳春带着一个加强排，在靠近码头的堤坝上扼守，掩护大部队登船。这时追赶来的敌四师和敌独立三十七旅蜂拥而至，向我阵地猛扑。杨柳春带着战士浴血奋战，打退了敌人的多次进攻，为大部队赢得了登船时间。主力部队脱离了险境，但这个排在撤离阵地时只剩下杨柳春和 5 名战士，余皆壮烈牺牲。

二、修通游击队艰难岁月

杨柳春同这些战士昼伏夜行，在山沟里、小路上潜行数日，于 9 月初到达黄袍山大坳坪，经多方打听才找到修通县苏维埃政府原主席冷日生和游击队长沈传奇。他们分头寻找失散人员，先后找到修通县苏维埃政府副主席朱世昌、中共通城县委负责人黄全德等 20 多人。10 月，在云溪岭头屋背垄重新组建修通游击队，杨柳春为队长，沈传奇为政委。游击队有步枪 11 支、手枪 1 把、马刀 8 把，战斗在修通交界的黄袍山区。

图 5－6　修通游击队活动区域——全丰嶆里

11 月初，地下党组织送来情报：有一伙团匪白天在街上训练，晚上龟缩到离通城县城仅10余里的锁石岭宿营，通宵赌钱。杨柳春带着队员，一个晚上奔走40多里，犹如神兵天降般出现在敌人面前。匪徒们还在牌桌上吆五喝六，当发现我军时，拼命逃窜。此役，游击队缴获步枪16支、轻机枪1挺，还有一批弹药。

12月下旬，国民党军新四师有一支人数不多的运输队，由咸宁方向押运军用物资给驻在崇阳县城的旅部。杨柳春获悉后，决定去打一次伏击来武装自己。于是，他带人在敌人运输队的必经之路上察看地形，掌握敌人往返的规律。得知运输队出发，游击队便埋伏于白霓桥的山边，这里崇山峻岭，一条道路从山坑中间通过。太阳快要下山时，押运物资的敌人进入我伏击圈，杨队长带着游击队员冲上大路，端着轻机枪，大喊一声“打”，扫出一梭子弹，打得敌人晕头转向，拼命逃跑。游击队将物资扛上肩头，向大山深处退去。

这次战斗仅持续了10多分钟就缴获步枪子弹3箱、手榴弹1箱、步枪4支，还有一部分食盐和煤油。等到崇阳县城的敌人闻讯赶来增援时，游击队员已扛着战利品到了离伏击地10多里的大甲山顶休息，在那苍茫的夜色中，笑听敌人用枪声给我们送行。

1936年初，恢复了以黄全德为书记的中共修通县委，修通游击队连机关有了六七十人，成了湘鄂赣边区一个支撑点，也是全边区17支游击队中较强的一支。修通县委先后与西北代表团和湘鄂赣省委取得了联系，在上级党委的领导下开展工作。3月，湘鄂赣省委扩红，游击队输送了20多人枪，编入红十六师。

4月，敌武汉行营调第四十师4个团进驻黄袍山，“围剿”这块仅有20多人枪的弹丸之地。在残酷“围剿”中，游击队政委沈传奇、修通县苏维埃政府副主席朱世昌等相继在战斗中牺牲。队长杨柳春和副政委刘明带着剩下的队员化整为零，钻土洞，住石岩，以野菜、山果充饥，坚持战斗，牵制了敌人大量兵力，减轻了周边游击区的压力。

10月底，在黄袍山“进剿”半年多的敌四十师奉命撤离。杨柳春重整旧部，组建了一支有10多人枪的队伍。之后的几年，杨柳春带着这支小小的队伍，活跃在修水、通城、崇阳三县边界地区，袭击地方民团，处决一些罪大恶极的反动首领，铲除叛徒。

1935 年 9 月,“铲共义勇队”队长阮田溪带着匪徒在五里垄伏击我护送十几个伤员的游击队,伤员全部惨遭杀害。这年冬天的一个夜晚,阮家堂屋灯火通明,阮田溪正在买田,坐在火炉旁讨价还价。杨柳春带着几名游击队员悄悄潜入屋内,从身后一刀将阮田溪劈成两段,周围的人全吓呆了。杨队长高声宣布:“大家不要怕,我们是来请阮田溪去见阎王的。”游击队在阮家收缴了一把驳壳枪和一批财产,消失在茫茫夜色中。

嶆里仰坑的恶霸陈凤雨,是个欺压百姓的地头蛇,土地革命时逃亡在外。后敌人“进剿”苏区,他带着一伙反共分子组成还乡团疯狂报复,杀人无数。夜晚,他不是钻在军营里,就是躲在戒备森严的陈家大院内。他最疼爱的小老婆得了精神病,求医问药没有好转,于是请来苦竹岭上的道士葛半仙掐指一算,说是让蛇精害了,要做三天三夜的道场才能痊愈。得知这一消息,杨柳春决定趁四邻都来看做法事的机会,除掉这个家伙。做道场的那天晚上,杨柳春带了几名队员化装成老百姓,混在人群中进了陈家。堂前灯火通明、锣鼓喧天,道士们手执符水、令牌,口里念念有词,陈凤雨带着家人跟在后面跪跪拜拜,围观群众一个劲地往前挤。眼疾手快的杨柳春侧过身子近前,在陈凤雨刚刚跪地下拜的一刹那,拔出手枪对准他的后脑勺“叭叭”两枪,正义的枪声划破了山区的夜空。陈凤雨蹬了两下腿,便一命呜呼了。人们听见枪响,四散跑开。这时一个洪亮的声音高喊着:“乡亲们,我杨柳春又回来了,特来为大家铲除这只害人虫!”

1937 年 3 月中旬,杨柳春带着游击队在通城云溪岭会见了率领湘鄂赣省军区独立团的省委书记傅秋涛。省委指示杨柳春要继续坚守好修通游击区这块阵地,以牵制敌人,扩大影响,竖起这面战斗的红旗。

三、坚定不移投奔新四军

1937 年 9 月下旬,从湘鄂赣省交通大队传来停止内战、一致抗日的国共合作消息。为慎重起见,杨柳春带着战友化装到药姑山,找到湘鄂边县的政治保卫队队长卢德贵证实了这一消息,决定去找西北代表团请示下山的问题。杨柳春一行在通城麦市街头见到张贴着署名湘鄂赣人民抗日红军军事委员会主席傅秋涛的《布告》,得知西北代表团有一办事处在尖山铺。杨柳春找到了通城通讯处的邱炳主任和西北代表团的同志,又与江渭清主任通了电话,确定下山时间,办理一切需要的证件,由办事处派人到国民党有关方面协商好游击队下山事宜,防止敌人节外生枝。

杨柳春回到驻地向游击队员们报告了这个喜讯,大家高兴万分。在三年游击斗争中,13 名游击队员有 5 人已 40 多岁,且伤病缠身。杨柳春让这 5 个人退伍,把游击队仅有的 100 多块银圆分给他们回去安家,余者 8 人下山集结。

10 月中旬,到平江县的嘉义镇集中整训后,这些经过战火锤炼和考验的战士,成了部队中的主要骨干,杨柳春任新四军第一支队第一团三营机枪连连长。1938 年 2 月 10 日,部队开赴抗日前线,途经宜春慈化时接军部通知:国民党有两个团在宜春企图消灭这支新四军。第二天上火车后,团部命令杨柳春把机枪架到火车头前,将马刀亮出车厢外面。杨柳春带着战士以大无畏的英雄气概,横刀屹立在机枪两旁,粉碎了敌人的阴谋。

四、英勇不屈献身革命

1938 年 8 月,杨柳春调到驻泾县云岭的新四军军部工作。10 月初,他奉命带 4 名战士到湖南出差,途经修水顺便回家探望老母。16 日下午,杨柳春一行遭到江西省保安团团长陈柏林与塘城乡公所曹月恒带领的 20 多人伏击,杨柳春被捕后被押解到上源曹家祠堂。杨柳春趁匪徒不注意,打倒拦在身前的人,纵身跃上屋檐,抓住桁木欲逃走,不幸被匪徒开枪击中。匪徒残忍地用屠夫卖肉的斩刀分割遗体,装进 8 只箢篓,弃于不同方向的荒山野岭之中。

自此,杨柳春兄弟都为革命壮烈牺牲了。大哥杨经魁是赤卫队特务长,二哥杨玉甫是经邦区游击队员,五弟杨炳中是少先队中队长,都先后在对敌作战中牺牲。三哥杨慰春是中共经邦区委书记,在三年游击战争中带着游击队转战于黄袍山,1935 年夏牺牲。母亲喜秀嫂则被敌人关了 1 年零 8 个月。

杨柳春,这个经历了十年血与火洗礼的战士,没有倒在冲锋的路上,却在全面抗战时期倒在了反共分子的屠刀下,令人痛惜。

图 5 – 7　杨柳春故居遗址——全丰嶆里

第五节　智慧的较量

江渭清，先后任红十六军七师团政委、中共湘鄂赣西北特委书记兼湘鄂赣省苏维埃西北代表团主任、鄂东南道委书记等职。在戎马倥偬的革命斗争岁月，江渭清转战湘鄂赣边。

一、杀马充饥

1934 年深秋的一天，湘鄂赣苏区因"六七月事变"，陷入了敌人的重重包围之中，根据地已支离破碎，处境极为艰难。这天，湘鄂赣东南特委书记兼军分区政委涂正坤找到正在平江黄金洞养伤的江渭清，传达了省委决定让他去百里外的喻献区，一边养伤，一边帮助该区做好拥红、扩红工作的指示。省委考虑到他的伤尚未痊愈，决定配给他一名警卫员和一个司务长，负责其生活，并拨给他一匹马。江渭清二话没说，坚决服从。

当日下午，江渭清一行三人，顺利地跑了几十里山路，傍晚时分来到一所红军医院，准备在那里休息。说来也巧，医院100多名伤病员中，有很多是江渭清在平湘岳游击大队以及后来的红十六军七师工作时认识的指战员。他们在这里见到担任过红十六军七师团政委和湘鄂赣红军第三总医院政委的老首长，久别重逢，一时有说不完的话。

江渭清与这些昔日的老部下亲切交谈。由于国民党军队和地方民团对根据地的分割封锁，派出去寻找粮食的同志迟迟未归，医院已断炊两天了。伤员们说，这两天大家开始吃野菜，天气渐冷，再拖下去恐怕连野菜充饥也难保。100多名伤员有的面黄肌瘦，有的生命垂危，再这样下去，他们吃得消吗？江渭清苦苦思索着，找来医院负责人商量，决定将自己骑的那匹马杀掉，以解燃眉之急。

这匹马刚刚驮着江渭清跑了一整天的山路，还未来得及吃上一口草料，就倒下去了。江渭清实在不忍心看它咽气时的情景，禁不住背过身去……

夜幕降临了，秋风瑟瑟。马肉煮熟后，连汤带水盛满了两只半人高的大水桶。没有盐和佐料，淡而无味，但饥肠辘辘的伤员们根本顾不上这些，喜滋滋地吞食着热乎乎的马肉。警卫员拿着搪瓷碗打算给首长盛些来，被制止了，江渭清心里不是滋味。此时，警卫员生气了，嘟着小嘴嚷道："马是你叫杀的，你又不肯吃，看你这条腿一瘸一拐的，明天怎么赶路。""不用担心嘛，腿不方便，就撑根棍子慢慢走，总能到喻献区的。"江渭清看着这些伤员们狼吞虎咽地吃着，心想，多好的同志啊，他们身负重伤还要忍饥受冻，却毫无怨言！

二、扩红模范

湘鄂赣"六七月事变"后的喻献区，敌人严密"清剿"，当地的区、乡干部，以及一些与红军有过联系的人，都已经离开村子，躲到附近的山里去了。山腰上搭起了许多小窝棚，当地人叫"山棚子"。江渭清他们在山里住下不久，因一个姓钱的叛徒告密，引来敌人搜山，险些遇难。

敌人搜山刚结束，有一支红军游击队从江渭清他们驻地经过。这支游击队是打算去浏阳一带打土豪筹款的，带队的政委外号叫"直高子"，与江渭清是老相识。一见面，两人就扯了起来。他看到江渭清拖着伤腿在挖野菜吃，就热情地说:“老江啊,你身边的两个同志让我带去打土豪吧,这样既减轻了区苏维埃政府的负担,也能解决一下你们目前的困难。”江渭清觉得这个建议很好,就同意了。“直高子”临走时又有些不放心,建议江渭清搬进区委书记黎光的山棚子去住,托他们帮忙照顾几天。

转眼10天过去了,随游击队去浏阳的警卫员和司务长满载而归,他们背回100多斤大米,还有从土豪处没收的银圆,大家着实高兴了几天。

这件事引起了江渭清的思考。他想,消极等待只会坐以待毙,只有走出去积极行动才有出路,才能更好地坚持斗争。我们住的山里,有人有枪,有党的基层组织和支持拥护红军的群众,为什么不能自己动手来解决眼下的困难呢?

一天,江渭清和黎光的妻子开玩笑,说:“看你每次做饭都愁眉苦脸的,如果让我来做你们区的‘财政部部长’,保管大家有米下锅。”那天,黎书记一回来,妻子就很认真地对他说:“住在咱家的江政委可是个能人啊,你们工作上有困难为什么不找找他,请他出出主意?说不定区里的干部、群众的日子会好过一些。”当时,黎光正为扩红任务而愁眉不展呢。

开完会,黎光果真恳切地要江渭清为喻献区的财政和扩红任务出主意。江渭清思考了一会儿,说:“只要给我一个月的时间,保证完成扩红一个连的任务。不过,首先要解决财政困难问题,干部群众没饭吃、没衣穿,就无法坚持斗争嘛!”

第二天,江渭清撑着拐棍和区委的一些同志分头行动,一个个山棚子做工作,说服群众和散居在山沟里的原红军战士参加游击队。江渭清对乡亲们讲,只有拿起武器打土豪,消灭瓦解国民党区、乡政权和反动民团,才能守住苏区,大家才有饭吃。

经过大家分头做工作,没过多久就动员并集中了近40个人。这支游击队有十几支枪,加上大刀、长矛,人人手中都有武器。紧接着,游击队开始简单的军政训练,老兵带新兵,大家情绪都很高涨。仅个把星期,这支队伍就像模像样了。

这支新拉起来的游击队,第一次行动就夜袭了国民党平江东乡区公所,缴获了大米、猪肉、粉丝、海带等许多食物,还抓了几个土豪带回山里。江渭清给土豪讲明政策。土豪们原以为性命难保,看到红军讲道理,相信不会有生命危险,纷纷表示愿意资助红军游击队钱财,只求早日回家,日后再不敢欺压穷苦百姓。

那些天,由于筹到了款,解决了区委、区苏维埃政府及游击队的吃饭问题,区委书记黎光一班人可高兴了,他们急着催问下一步如何扩红。江渭清提议大家分头去做两件事,一是买布赶制 120 套军服和干粮袋,二是买 120 把油伞和胶靴。他自己也拄着拐棍上了第一线,用召开小型座谈会和个别谈话的形式,找散居在山里的原红军战士和群众,做说服动员工作。

经过个把月艰苦的工作,120 套军装被新入伍的战士穿上了,虽然手中的武器五花八门,但列队显得气势不凡。在这支队伍里,有主力红军中伤愈的伤员,有掉队后重新归队的老兵,有新入伍的群众,也有苏区干部和游击队员。

这样一来,喻献区以主动解决苏区、游击区的财政困难和超额完成扩红任务受到了湘鄂赣省委、省苏维埃政府的表彰。不久,江渭清担任扩红总队总队长。在江渭清和大家的共同努力下,湘鄂赣的主力红军第十六师达到 5000 余人,有力地支援了红军长征和其他游击区。

三、下山谈判

在艰苦卓绝的三年游击战争中,以江渭清为书记兼军分区政委的西北特委和西北军分区(管辖范围包括修水、武宁、崇阳、通山、蒲圻、通城、阳新等地),带领游击队多次转战九宫山、大湖山、太阳山、三界尖等山区。其间,虽然游击区得到了巩固和发展,但也引来了国民党军队疯狂的“围剿”“清剿”“驻剿”,特委、军分区和游击队损失很大,一度同中共湘鄂赣省委失去了联系。

1937 年 5 月,为了解时局变化和我党的方针政策,江渭清采取派人到敌占区搜集情报、积极寻找上级党组织等办法,将特委机关从九宫山移驻修水、平江、通城交界的药姑大山和黄袍山,然后兵分两路,一路由副书记余再厉率领 40 余人直插药姑山西麓的临湘县(今临湘市)壁山,伺机截击铁路,获取情报和钱粮;一路由江渭清率领 60 多人进驻药姑山南麓的大港冲,以窥视通城敌情。两路人马相互帮衬,互为依托。

图 5－8　湖北省通城县黄袍山区，与修水县画坪桃峰山相连。

在无法与省委取得联系，得不到明确指示的情况下，特委和红军游击队如何行动？肩负重任的特委书记江渭清陷入了深深的思索之中。他从情报中分析研究，从国民党的报纸上了解到，全国人民要求团结抗日的呼声日益高涨，我党与国民党当局谈判实现第二次合作，已是大势所趋，于是决定召开特委会议。会上，江渭清提出了“保存实力，不打硬仗，进一步筹粮筹款；广泛开展抗日宣传，发动群众，准备同国民党地方当局谈判”的工作方针。

对此，许多同志想不通，认为与国民党谈判是投降，与其合作就是与虎谋皮。第二次国内革命战争的十年，国民党反动派杀害了成千上万的老百姓和红军战士，这不共戴天的深仇大恨，同志们永远难以忘却。但是，值此民族危亡的关键时刻，国共两党必须摒弃前嫌，一致对外。认识统一后，西北特委决定将部队番号改为“湘鄂赣抗日游击第三纵队”，江渭清任纵队司令员兼政委。

6 月，江渭清向国民党湘鄂赣各省、武汉行营及附近各县发出通电，提出“停止内战、联合抗日”的主张。下旬，国民党湖北省主席兼武汉行营主任何成濬接江渭清信函后，派武汉行营的一名国民党中将和岳阳警备区少将司令为代表，到西北特委驻地与江渭清等谈判。江渭清见国民党代表毫无诚意，只是想以谈判为幌子，企图收编我军，于是当场揭穿他们的阴谋，申明抗日大义，义正词严予以回绝。国民党代表见江渭清态度强硬，又见午饭时分山坳间炊烟四起，似千军万马，不知虚实，便慌忙告退。

何成濬一计未成，又生一计，派上次来谈判的两人送来一封信，全文如下：

渭清纵队司令如鉴：

你是有志青年，过去误入迷途，现在幡然醒悟。政府站在宽大为怀、不咎既往之立场，准许自新之路。望台端立即统率所部开赴岳阳，整训受编，连发三年关饷，并授予台端上校军衔。

进退由台端采纳，否则，以武力解决，专引奉达。

即颂

公安！

何成濬

何成濬认为江渭清的“湘鄂赣抗日游击第三纵队”乃乌合之众，根本不把这支队伍放在眼里。在信中，他软硬兼施，采用诱骗和恫吓的伎俩，企图动摇和吓倒我军。江渭清看了来信之后，洞察其奸，对来使说：“请转告何主席，他完全误解了我们的意思。我们同他谈判，是出于国家和民族利益，根本不存在‘误入迷途’的问题。全国人民都不愿当亡国奴，这是人心所向、大势所趋。现在我们提出三条同他谈判，请他慎重考虑，三思而行。”江渭清随即回信，严正申明我军立场和谈判三原则，并将武汉行营代表留下，放岳阳警备区司令回去复命。

为了灭一灭顽固分子的嚣张气焰，江渭清一面以口头和书面形式广泛宣传，揭露国民党“攘外必先安内”的反动方针的实质和造谣我军投降受编的骗局；一面组织游击队奇袭通城县城，诱使国民党军回援通城，然后在其必经之路扼守要冲，据险设伏。当国民党军进入伏击圈时，号声四起，游击队员不到半小时便歼灭国民党军一个营。战毕，江渭清集中俘虏训话，指出：“日寇入侵，大敌当前，中国人须团结一致，不应煮豆燃萁，自相残杀。”随后，他将俘虏与那位武汉行营“谈判”代表全部释放。

此举灭了国民党当局反共、反人民的嚣张气焰，在舆论的强大压力下，何成濬不得不收敛其内战行径，三天后指定通城县县长和保安团团长与我方进行第二次谈判。

我西北代表团和红军游击队，经过充分讨论，决定由江渭清等 6 人前往谈判。经过三天针锋相对的斗争，达成了三项协议：①国共双方停止敌对行动，通电全国，一致抗日；②保证抗日游击队的供给，并发给100张武汉行营的护照；③设立“西北特委驻通城办事处”。

8月初，江渭清带领西北特委一班人，应何成濬之邀到武汉，与何就鄂南国共合作抗日进行第三次谈判。经据理力争，江渭清等人迫使何完全同意三原则，正式达成协议。同月，江渭清与湘鄂赣省委代表一起会见了中共中央代表董必武，通过董老与武汉行营代表谈判并取得了成功，达成了湘鄂赣地区的和平合作。

图5-9 湖北省通城县城国共两党代表接触地

湘鄂赣西北代表团与国民党地方当局的谈判，是在完全与上级党组织失去联系的情况下进行的，它充分展现了年轻的江渭清独特的政治敏锐性和高超的组织能力。湘鄂赣地区抗日民族统一战线的最终形成，江渭清功不可没。

第六章

誓与苏区共存亡

1934年6月，省委、省苏维埃政府和主力红军撤离了画坪。国民党反动派对留守在画坪的干部、伤病员、地方武装和群众采用软硬兼施的手段，实行烧光、杀光、抢光的政策，血雨腥风笼罩着桃峰山。除少数软骨头外，根据地的党政干部、红军指战员、游击队员、赤卫队员和革命群众并没有屈服，他们始终坚持斗争，誓与苏区共存亡。

第一节 桃峰山血雨腥风

1934 年 6 月，湘鄂赣省委、省苏维埃政府和主力红军离开画坪后，画坪失守。桃峰山笼罩在血雨腥风之中。

一、反动派的残酷手段

7 月，国民党西路军总司令何键急调郭汝栋二十六师和岳森五十师一部“追剿”冲出重围的红军，留下十九师、二十六师、三十三师、五十师各一部，吴抚夷保安团和太清、九曲岭、马坳等地民团继续“清剿”画坪，统归五十师文信修指挥。文信修令冯师张团为堵截部队，推进至全丰、塘城坳一线，以五十师杨团两个营及李团邓营集结于古市岭一线，分三路“进剿”，分别从古市、古源、牛头岭一起进攻画坪桃峰尖等地。敌人在关坳亭、袁家岭、太平岭、古市岭等大、小山头和交通要道上修碉堡、设炮台、挖工事，断绝画坪与外界的来往，实行军事、经济封锁，并叫嚣“谁接济‘共匪’，以济匪犯严惩”。敌人进山后，见人就捉，见屋就烧，见东西就抢，发现有红军或赤卫队等活动的山头，就放火烧山，这一暴行持续了两个多月。他们到处张贴布告，大搞“自首、自新、软化”政策。少数软骨头，丧失革命气节，弃枪投降。敌人又利用这些鹰犬，大肆搜山。

修水苏区在敌人的重兵“围剿”之下，顽强斗争了两个月。为了保存革命力量，县委书记樊明德决定分散突围。突围中，修水苏区大部分干部和游击队战士或被捕或英勇就义。特委委员甘特吾与县、乡苏区干部丁金魁、王继员、桂清林等相继被捕与牺牲。

县妇联副主任李训贤是高咏生师长的夫人。她在桂炳臣屋横堂厅办公两年,晚上住在秋婆屋。敌人“围剿”桃峰山,她隐藏在大咀上对面山上将近两个月,大咀秋婆与桂炳臣两家轮流给她送饭。一次,秋婆送饭返回的路上遇上了敌五十师搜山的敌人,敌人当即就在大咀上菜园设岗,岗哨拿着望远镜轮流搜索 6 个小时,发现一处有动静,一梭子弹打过去,李训贤同志不幸中弹牺牲了,年仅 23 岁。

画坪人民在当时承受着国民党最残暴的“清乡围剿”。国民党军和民团把慕珩屋以西到江家坳的房子全部烧毁,抓走了苏区干部桂清林的妻子冷瑞英与其儿子桂仁大,并威胁重病的桂清林父亲桂炳富,要其在 10 天内交出桂清林。桂炳富当晚自杀。中共地下党员桂柳昌千方百计救出冷瑞英母子。为怕冷瑞英受拖累,桂清林忍痛与冷瑞英离婚,以保全母子平安。

敌人在官家岭抓走了乡苏维埃政府主席傅怀保的妻子游氏,限定 10 天之内交出傅怀保,重病在身的游氏当场死去。敌人留下了两个狙击手,埋伏在去官家岭的路上。傅怀保想见妻子最后一面,匆匆赶回家,被埋伏在路旁的狙击手杀害。

1934 年 9 月初,敌人采取更加残酷的手段多次进犯画坪,每次上千人进山搜捕。第一次,上源、司前民团分别带敌五十师一个营的兵力,从全丰江家坳与渣津步坑分南、西两路进犯画坪,沿路张贴告示,称“提供信息而抓住‘赤匪’头目的有奖,奖金 10 至 100 块大洋不等”,抓捕县、区、乡干部与共产党员的家属,烧毁驻扎过红军以及省、县、区、乡苏维埃机关的房子,奸淫烧杀,惨无人道。

从苏区失守到 1934 年底,苏区党政干部和群众有 1500 多人被杀害,画坪境内 1200 多间房子被烧毁,从黄土铺、慕珩屋、画坪桥头、杜家岭直到全丰嶆里江家坳,上百个屋场重复烧毁 3 次。敌人每次放火烧屋之后,第二天早上逃难的人们回到家便无粮下锅,很多老弱病人活活饿死,整个画坪相继饿死 200 多人,上百名妇女因过度惊吓患上精神病。画坪付出的代价和承受的苦难,令常人难以想象。

二、苏区军民的反抗斗争

广大苏区干部、游击队、赤卫队、保卫队和画坪人民,面对敌人的软硬兼施,毫不畏惧动摇，而是克服重重困难，利用有利地形，与敌人血战到底，直至弹尽粮绝，流尽最后一滴血。有的伤病员，在弹尽粮绝后，宁愿自杀，也不当俘虏。有的被敌人捉住，誓死不屈，英勇就义。

叛徒陈桂生充当了敌人的鹰犬，带着 10 多个白军从上屋准备上桂竹坳。上屋冷少平吹竹筒报讯，正藏在对面山上的通城县苏维埃政府主席樊梅生、路口区执委桂清林、冷道东听到后，立即找有利位置隐蔽。待敌人走到石皮沟，三人各向下射击一发子弹，3 个白军应声倒下，随即樊梅生他们往山上跑去。12 月中旬，敌人抓住了樊梅生。在被押往古市的路上，樊梅生急中生智，脱身逃出，经过几番艰难曲折，终于在通城黄袍山找到了红十六师，回到红军队伍。

从 6 月底至 12 月底，与敌人的生死决战持续了 6 个月。12 月底，敌人从南、西、东三个方向进犯画坪，抓走了 20 多位革命同志。在与敌人的斗争中，苏区干部群众充分利用各种地形与物质条件，互相配合，与敌人血战到最后，打死敌人 100 多人，打伤 200 多人。

1934 年 8 月，中共修铜县委、县苏维埃政府的同志化整为零突围，画坪籍的中共党员继续组织群众坚持对敌斗争，利用地形、地貌，灵活机动地打击进犯画坪的敌人，创造了黄蜂战、滚筒战等战法，坚持与敌人展开斗争。敌人为捉拿他们使用了烧屋、烧山、抓亲人等残忍手段，但即使被捕后，他们也毫不屈服。

第五次反“围剿”斗争虽然失败，但是敌人也付出了惨痛的代价，国民党军第五十师原有官兵 9594 人，1934 年在作战中死亡、失踪、逃亡、伤残共 6254 人，仅存 35%。其他“围剿”修水苏区的国民党军绝不会少于该师的伤亡。

第二节　伤病员视死如归

1934 年 7 月，主力红军从画坪撤退时，半山医院的轻伤员随主力部队突围，重伤员由画坪籍的苏区干部负责照顾。但因国民党经常派小分队进入画坪，只好将这些伤员转到新天君龙窝的石洞。这里有几十个人，苏区干部每天都要给他们送水送饭。

图 6－1　红军伤病员避难山洞

1934 年 8 月中旬，敌人派出小分队，带着叛徒到各个村头、山头上喊话，欺骗未突围还藏在山里的革命同志出来。识破敌人诡计后，画坪群众发明了吹竹筒报信的方法，如发出“嘟嘟、嘟嘟、嘟、嘟、嘟、嘟”的声音，意思是“注意、注意、敌、人、来、了”。人民群众用这种办法向藏在山上的同志传讯，以免同志上当受骗。

有 5 位伤员藏在慕珩屋阴山咀东面的石洞里一个月，其中有一位是红四十六团的副排长。画坪群众故意留着地里的红薯不挖，让他们挖着吃；来了敌人，就吹竹筒给他们报信。一次，叛徒陈桂生带着 10 多个白军将他们抓了出来。其中 1 位伤员在洞口抓着敌人的衣服，冲下了前面的石崖，与敌人同归于尽。其余 4 位伤员则被敌人抓走了。

另外 7 位重伤员，一直由桂清林、冷道东照顾。由于敌人搜山，他们只能东躲西藏，频繁转移，没有饭吃就吃野果，有时连水都难喝上。后来，为了不拖累同志并保住革命气节不做俘虏，7 人一同吊死在一棵桐树上，英勇就义。

图6－2 画坪响坳半山医院七位伤员自缢遗址，位于画坪往返全丰栅楼屋的新天君龙窝。

第三节 悬崖绝壁当战场

画坪黎家屋后有个千斤坪，面积3000平方米左右，是红军的新兵训练基地，驻扎了红四十六团教导连与新兵营。千斤坪往上是笔架山，北面是峭壁悬崖，叫白石崖。

1934年6月7日，教导连与红四十六团一道向西突围，吸引了敌人两个师的兵力围追堵截，减轻了省委机关向东突围的压力。6月9日，红四十六团损失惨重，师长高咏生牺牲，教导连人员减半。经过两个多月的转战，这支队伍于8月8日傍晚回到黎家屋，开会筹划重驻千斤坪简易营地。会刚开始，敌五十师的一个团便追了上来，封锁了会场的所有出入口，参会人员全部被俘。红军战士付雨清、付林海在被押往古市的途中奋力反抗，被国民党军杀害。

外屋在开会，剩下炊事班6人在偏屋做饭。发现敌情后，他们走阳沟登山，敌人在后追击，一直追到了笔架山的白石崖上。他们同敌人周旋到第二天下午,已经弹尽粮绝。敌人反复引诱他们投降,他们誓死不降。“宁可摔死,也不当俘虏!”他们6人尝试着沿白石崖向下攀爬,最后未能成功,摔入崖底,壮烈牺牲。后来,当地群众将这6位红军战士的遗体安葬在黎家岭上。

图6-3　红军炊事员坠崖遗址——笔架山白石崖

图6-4　白石崖坠崖烈士墓

第四节 为有牺牲多壮志

1934 年 9 月，国民党反动派把慕珩屋以西到江家坳刚刚修复的房子又烧了一遍，抓走了苏区干部和游击队员共 7 人，其中包括桂清林和冷道东。凶残的敌人把 7 位勇士杀害在画坪沙滩上。桂清林、冷道东在临刑之前哈哈大笑，大声说："再过二十年，我俩又是两条好汉！如果有来生，一定会再加入中国共产党！"最后，两人齐声高呼"共产党万岁，胜利一定属于人民"的口号英勇就义。

图 6－5　画坪七烈士英勇就义遗址——画坪桥头沙滩东侧丁福秋门前沙洲

1933 年 7 月，革命斗争形势十分严峻。为进一步粉碎白匪对苏区的"围剿"，修水县苏维埃政府命令东南乡两天之内必须组建 10 支担架队。为确保按时完成任务，东南乡苏维埃政府主席、党支部书记傅怀保立即派人通知乡苏维埃政府其他成员，要求 7 月 13 日晚上到漕溪洞南瓜屋开会，落实组建担架队有关事宜。当晚，傅怀保与丁梅英、桂信诚、包生发、段水根、桂太元正在开会，突然有哨兵（童子团成员）赶来报告："傅主席，有一伙持枪的人急速向这里跑来，好像要包围我们这里……"危急时刻，傅怀保沉着应对，命令丁梅英扮作主妇立即上床睡觉，命令桂信诚头顶棉被冲出门外，向山上撤退；命令包生发、段水根、桂太元从猪圈爬上柞树，跳到屋外。布置好一切，待其他同志安全撤离后，傅怀保自己却丧失了撤离的机会，落入敌手，当即被拖至屋外杀害，年仅 32 岁。

傅怀保遇害的第二天，家人在他衣兜里面摸出一张纸条，上面写着："我最亲爱的妻子！丈夫我选择了参加革命。在当前全国形势十分严峻的时刻，外出遇害牺牲，在所难免。如有不测，勿为我悲伤。也请告诉我们的孩子，父亲是为革命而牺牲的……"

1934 年 10 月，红十六军突围后，战士宋元发没有赶上部队，回到家乡。他白天躲在山上，深夜才敢回家，天未亮就要摸出家门藏到山上去。由于白匪监视严密，他最终还是被发现了。叛徒带着白匪和刽子手，假装开门借火一拥而上，绑住宋元发，将其押到雨坛埂。其中一个白匪劝他投降："宋元发，只要你投降，不论职务大小，不管是否有血债，概不追究，并保证你人身安全。"面对反革命的劝降和屠刀，宋元发怒目圆睁，在痛斥叛徒丑恶的嘴脸后，斩钉截铁地说："要杀要剐随你们的便，我决不投降！"气急败坏的匪首便指使刽子手用马刀砍下了宋元发的头颅……

1930 年，方少清参加革命，担任了乡苏维埃政府主席，积极组织当地的游击队、赤卫队，支持、配合红军作战，阻止白匪进攻苏区，打击当地反动势力。他先后两次带领革命队伍深入古源九曲岭白匪团部，活捉匪首，没收地主的粮食、耕牛、农具等分给农民。在花石咀战斗中，木工出身的方少清与铁匠姜顺清共同研制出威力巨大的檀树炮，为游击队和赤卫队打击敌人提供了极大的帮助。

1934 年秋天的一个晚上，在邻乡做木工的方少清，结束当天木工活后，在主人家住下休息。叛徒知晓情况后，带着一伙团匪和刽子手，包围了方少清所住的房子，冲进屋内将方少清五花大绑，连拉带拽押到桂竹埚荞麦坪。敌人强迫方少清跪下，并把马刀架在他脖子上，逼他投降。方少清义正词严地回答："你们这帮无耻叛徒，贪生怕死，屈膝投敌，太可恶了！等革命胜利了，人民一定不会饶过你们的！我，方少清，宁为玉碎，不为瓦全。"白匪气急败坏，将其残忍杀害。

第五节　突出重围丹心在

一、县委县苏艰难突围

1934 年 6 月 9 日，樊明德接到红四十六团、四十八团突围时遇敌的消息：四十六团只剩下 20 余人，师长高咏生牺牲。他立即召集县委机关的主要人员前往半山医院看望伤员，然后到桃峰寺召开紧急会议。会上，他先介绍了敌人对画坪军事封锁情况：山顶有炮台（封路段）、山尖有暗堡（封出口）、山埂有台（观察台）、山坳有哨（盘问哨）、山外有兵（驻兵）、山路有队（巡逻马队）；提出了“能走就分散走，不能走就先分散藏”的应对策略，以及 42 个字突围指导意见，即“化整为零、分组突破，隐藏避敌、运动寻机，日藏夜行、灵活运用，西至幕阜、南聚土龙，突破先观察、出手要果断”；最后将县委主要领导分成了三组，第一组樊明德、卢月恒等，第二组樊高升、陈桂生、樊废级等，第三组甘特吾、甘卓吾等，分别与对应的保安大队一、二、三中队一起行动。樊明德彻夜未眠，直到天亮听到省委机关过了大湖山，才松了口气。

6 月 10 日，县委其他主要领导按所分的组向外围移动，樊明德、卢月恒、吴万夫等率保安大队一中队 20 多人，来到了桃峰山、杨梅尖各个山头上，领导乡苏维埃政府干部与游击队员进行游击战，提出了“运动中寻找机会，隐藏中狙击敌人”“有地借地，有物用物”“节约子弹不放空枪，打一枪消灭一个敌人，打一枪换一个地方”“收蜂要收王，打敌要打头”等游击战思路。他们坚持斗争，给进村“清乡”的敌人以沉重的打击，坚持了将近 1 个月。

然而，斗争形势持续恶化：三中队在步坑被打散，特委委员甘特吾被捕；二中队在全丰嶆里被打散，樊高升、陈桂生叛变；樊明德自己率领的一中队每人仅剩不到 3 发子弹。这时，他决定突围。

他们从画坪响坳往东经马井再往南至杨梅尖。在从杨梅尖到牛岭的路上，樊明德被敌人 6 人马队巡逻的骑马人（6 人中仅有一人骑马）追随。危急时刻，杨梅尖徐贤德路过,发现骑马人在追樊明德,当即用木棍绊倒马腿,追兵连人带马重摔在地。徐贤德补上一棍,将追兵打死。樊明德顺利逃脱,但另外5个巡逻兵跑来将徐贤德抓去了。樊明德一行30多人来到了杉树坑,埋伏在茅草掩盖的排水沟中,准备夜间越过最后一道封锁线。下午3点,敌人来搜山了,从下向上排着一字阵走来,100米,80米,50米……眼看敌人越来越近,有点功夫的中队长卢德海将身旁的樊明德与卢月恒打晕,推进了沟底并盖上杂草。卢德海本人则与中队队员向旁边转移10多米,然后向敌人发起冲锋。双方展开了残酷的肉搏战,一中队30多名保安队员全部英勇牺牲。后来,苏醒后的樊明德与卢月恒转移到了修铜边界建立根据地,成立了中共修铜县委。

画坪失守后,革命形势急剧恶化,苏区完全被敌人占领,干部大部分牺牲,曾有600多人枪的地方武装几乎全军覆没,从县委到基层党政机关不复存在,一片浓重的白色恐怖笼罩着修水。修水人民的革命斗争进入极其艰难困苦的游击战争时期。

从画坪突围的党政军负责人,有中共修水县委书记樊明德,区委书记余济穷、朱庆隆、杨柳春,县雇农工会主席卢月恒,东北指挥部游击第2大队大队长傅彪等,还有100多名共产党员、游击队战士。他们先后撤到边县开展游击战争。

二、坚持边县游击战争

在湘鄂赣省委领导下,边县的共产党员和革命干部,就地组织失散的同志拿起武器,坚持同敌人开展针锋相对的斗争,逐渐形成4块游击区。

1934年6月,画坪失守,修水一部分党政领导干部分批突围到通城县委驻地黄袍山。先有经邦区委书记余济穷、县政治保卫局局长冷南彪、县互济会主任冷日生等人,后有大桥区苏维埃政府主席朱世昌、游击队队长杨柳春等大批同志。他们与坚守在这里的通城县苏维埃政府主席周凤安、游击队队长刘永康等会合,继续开展斗争。

7月下旬,根据湘鄂赣省委指示,组建修通县委,书记余济穷、县苏维埃政府主席周凤安。10月,省委派朱庆隆任修通县苏维埃政府主席,朱世昌任副主席，周凤安改任县委副书记。

修通县委和其他边县一样，处于敌人的包围之中。驻守通城的敌三十三师冯兴贤部，烧杀抢掠，无恶不作；驻守修通边界的敌五十师岳森部，表面和善，背后下毒手；通城地主武装葛皇甫民团、上源地主武装曹佩友民团，穷凶极恶，远近闻名。

四面受强敌夹击的中共修通县委为发展巩固根据地，组成以杨慰春为主任，余洋生、商平敬、戴杏山、江雪平、余盈寿、余盈长为委员的13人修水工作团，深入修水边区活动，坚持艰苦的三年游击战争。通城县游击队队长刘永康受伤被俘，坚贞不屈，惨遭杀害；县苏维埃政府副主席朱世昌被捕，在崇阳大沙坪被砍头示众；县委书记余济穷、土地部部长冷德文等一批共产党员在战斗中英勇牺牲。1935年7月，修通县大部分同志牺牲，剩下的同志转移到湘鄂边县和西北代表团。

1934年7月，修通县委组建了一支游击队在修水嶆里活动，杨柳春为队长，沈传奇为政委，20多个人，有枪13支。他们以嶆里、应坑、古源为中心，向周围地区开展游击战。1935年秋，修通县委撤销，游击队与组织失去联系，杨柳春仍带着10多个人活跃在修水嶆里和通城黄袍山之间，展开了反“清剿”和反叛徒诱降的斗争。1937年9月，杨柳春带7名队员到嘉义集结。

樊明德简介

樊明德（1891—1934），出生于修水沙湾一个佃农家里。14岁时就给地主做长工，24岁学做锯工，1927年投身革命。1928年春，加入中国共产党，任交通员。1929年7月，第三区建立区工会，当选为区工会主席。1930年3月，任修水县赤色总工会筹备处主任。同年10月，当选为县雇农工会委员长。1932年10月，当选为中共湘鄂赣省委委员。同年秋，在东山召开全县第四次工农兵代表大会，当选为修水县苏维埃政府主席。1933年8月，中共修水县委在画坪召开第四次党代会，选举樊明德为县委书记。1934年6月，领导县委、县苏维埃政府和游击队在画坪突围。1934年8月，任中共修铜县委书记，与强大的敌人展开英勇顽强的斗争。1934年9月21日晚，前往铜鼓幽居祖庄工作，不幸被叛徒杀害。

第六节　信念坚定永向前

一、深山司号员

丁友华，修水路口人，生于 1913 年，16 岁参加革命。1931 年元月，丁友华在红军学校学习期满，分配到红十六军当司号员。一次，随部队攻打岳阳新洋洞，他舍生忘死，连炸敌人三座碉堡，自己身负重伤。

蒋介石发动对苏区第五次“围剿”，湘鄂赣苏区一度全面失守，红军转入十分艰苦的游击战争。1935 年 6 月，红十六师采取迂回战术，与国民党重兵周旋游击。丁友华背着军号跟随师长徐彦刚，风餐露宿，顽强战斗。一次，在永修云山一带与敌人发生遭遇战，部队被敌人冲散，丁友华与部队失去了联系。在这举目无亲的荒村险境，随时都可能碰上敌人，怎么办？丁友华毫不气馁，更不悲观。他深信只要自己信念坚定，不畏艰苦，随机应变，就一定能找到党、找到队伍。于是，他决心暂时隐身入山，寻觅有利时机，与党取得联系。在山上那段日子里，处境危险，生活艰苦，不是常人可以想象的。渴了，捧一把山沟水；饿了，咬几棵野菜根，但他从不忘记军人的纪律，再饥饿，也不下山去挖农民地里的红薯。晚上，他住的是山洞崖穴。野兽的嘶叫，枯枝落叶的声响，晨风夜雨的袭击，他全无畏惧。白天，他在茅草丛中或茂密的树林里行动，聚精会神地注视着山下的动静。他一面寻找同志，一面躲避敌人。他想：绝不能消极地等待，必要时仍要战斗，从战斗中找出路。他的心总是滚烫的，精神总是振奋的。他时时嘱咐自己，要克服艰险，闯过难关，不但要安全回到部队，还要夺取胜利的战果，向领导汇报。他时时在念叨：党呀！你的儿子在这里，他在寻找您，他一定会找到您的！

二、吹响冲锋号

秋天多雾，丁友华常在大雾弥漫的时候摸到山脚下去探听情况。一次，突然发现一小队敌兵正追赶两个持枪疾走的人，他估计可能是失散的同志，便迅速爬上一棵大树，吹响冲锋号。那两个被追赶的人听见号声，胆子壮了，掉转头开枪就打，撂倒了两个敌兵。敌人以为碰上了红军大部队，吓得四散逃窜。接着，丁友华下山打听，果真是自己的战友。逆境相逢，分外亲切，丁友华立即把他们带到山里隐蔽起来。他们志同道合，组成游击小组，推丁友华为组长。从此，他们更加胆壮气豪，一同在崇山峻岭中迂回打击敌人。

一天，他们在山上透过小竹丛看见一队国民党军向这边走来。丁友华判断是从永修向武宁方向开去的，必须穿过离这山不远的一道峡谷。三人立即绕近道向峡谷口方向赶去。为了争取时间又不暴露目标，他们一直在茅丛荆棘中爬行。途中有一座悬崖挡路，绕路又太远了，三人便从崖上连滚带爬摸下去，衣服、手和脸都被树枝划破了，累得腰酸腿疼。

图 6－6　画坪山区

到了目的地，他们立即埋伏在密林里。还没来得及休息，敌人果然稀稀拉拉地进了峡谷。领头的见此处阴凉，便让士兵就地休息，去旁边溪沟里舀水解渴。丁友华的冲锋号声像惊雷一样从半天降下，接着呼啸的子弹从树林里蹿出。敌军大惊，以为红军大部队来了，慌不择路，急忙向峡谷外逃去，丢下几支枪也顾不得拿走了。丁友华等人又朝天放了几枪，捡起敌人的枪支随即向另一个山坳隐蔽。他们确定偏远村落里没有敌正规军，于是决定找机会到山下去联系群众，不能老在山上守株待兔。

三、徐家冲打虎

丁友华化装成寻祖坟的人，在一处矮山通道附近张望，正巧遇见一位进山打柴的老汉。攀谈中得知，老汉姓徐，是徐家冲人，是一个贫苦农民，他痛恨徐家冲的地主恶霸，盼望红军来解救乡民。同时，丁友华也了解到附近的敌我情况。后来，在徐老汉的帮助下，三人常到徐家冲接触群众，宣传革命道理，鼓舞群众斗志，不久便建立了农民武装，培养了几个农民干部。

一天，徐老汉说："附近对我们威胁最大的是塘埠乡'麻老虎'手下的保安队，要出其不意，先收拾他们。"丁友华拍手赞成，立即和大家制订四条行动计划：一要大造声势，震慑敌人，到处张贴署名"红军靖武安游击队"的标语口号；二要师出有名，参战的人都戴黄军帽和红臂章；三要双管齐下，兵分两路，一路强攻驻在伪乡公所前厅的保安队，一路直逼伪乡公所后院的"麻老虎"；四要统一听号令行动。为了迷惑敌人，他们还制造了"机枪"——在洋铁桶内点鞭炮。统一思想后，作战准备就绪。

第二天凌晨3时左右，丁友华的游击队开始行动。他亲率骨干队员摸到伪乡公所附近，只见大门口一哨兵正抱枪倚门打盹呢。丁友华一个箭步冲上去杀死了哨兵，再溜进屋内，听见左厢房内鼾声隆隆。他回到大门口，吹响军号，把铁桶内的鞭炮点燃。与此同时，几支枪指着厢房内的保安队，喝令："不许动！缴枪不杀！"保安队队员见这阵仗，早已吓得魂不附体，纷纷缴枪求饶。这时，有人报告说"麻老虎"已被打死。原来，号声和"机枪"声响起后，"麻老虎"拉开后门就想逃，恰好撞在守候在那里的游击队员杜士金的枪口上，一命呜呼了。这一奇袭令邻近几个乡的农民兴高采烈，拍手称快。他们奔走相告，"红军主力又打回来了！"国民党反动派觉得莫名其妙，感到神鬼莫测。他们认为的确是红军大部队又来"骚扰"，敌人的报纸也惊呼："共军湘鄂赣主力部队又在靖（安）、修

(水)、武(宁)、安(义)等县边境猖獗活动。”

由于塘埠乡一战的影响大,湘鄂赣省委闻听喜讯,估计是失散的同志在坚持游击战争。省委派人密查,不久,丁友华与省委取得了联系。丁友华冒着万分艰险“寻亲”,一直坚持战斗的革命精神,受到省委高度赞赏,在红军中传为佳话。

丁友华在徐家冲指导农民协会和农民武装,进一步健全组织、充实力量,然后带领 7 名游击队员回到了红军队伍。1938 年,丁友华随部队开赴抗日前线,他英勇杀敌,屡立新功。他先后担任营司号员、排长、连长、营长、教导大队中队长等职务。1945 年 6 月,他在战斗中英勇牺牲。

图 6－7　三年游击战争中的全丰嶆里游击区

第七章

将军重温战地情

1945 年 3 月，曾经在画坪战斗过的红十七师干部江勇为率领南下支队小分队重返画坪，祭拜英烈，慰问老乡，建立抗日根据地。1966 年，福州军区副司令员皮定均视察画坪，访贫问苦。革命胜利后，吴咏湘将军亲自撰写《忆修水》，深切怀念战友和湘鄂赣苏区。

第一节　江勇为重访战地

1945 年 1 月 27 日，八路军南下支队与新四军第五师在湖北大悟山胜利会师后，立即筹备组建湘鄂赣军区，司令员王震，政委王首道，副司令员张体学，创建湘鄂赣抗日根据地。3 月 6 日，新四军第五师四军分区司令员张体学率新四军第四十团、四十一团与八路军南下支队一个大队，兵分两路从鄂南进入修水的港口、全丰、画坪等地进行抗日活动。他们来到这片熟悉的土地，情不自禁地想起当年在这里战斗的情景。

一、红十七师画坪休整

1934 年 3 月 8 日，红十七师在古市遭国民党军第二十六师与第五十师夹击。红十七师迅速赶往画坪山区，派人与当地党组织取得联系。在修水县苏维埃政府与路口区苏维埃政府的协助下，他们利用画坪荞麦尖、牛山、慕珩屋阴山咀的有利地形阻击敌人，成功地击退了敌军。随后，红十七师在画坪休整一周。当时，修水县苏维埃政府驻画坪大咀上桂炳臣屋，帮助红十七师安排住宿，解决后勤补给，帮助站岗放哨，加强安全保卫。

为了不让红军忍饥挨饿，许多老乡把藏在地窖里的红薯都拿出来给红军指战员吃，有的把仅有的一点点腊肉、生蛋的母鸡送给红军伤病员补充营养，把自己的卧室、床铺让给红军伤病员睡。

转眼间十年过去了，这片土地经历了数不清的苦难。重回画坪的南下支队成员，正是当年在这里战斗过的红十七师指战员，老乡们帮助红军的情景历历在目。南下支队从江家坳沿乌龙河直下，来到了桃峰山南面，一边巡视故地、探访故友、宣传我党的抗日主张，一边为民排忧解难。

二、南下支队重访画坪

南下支队第二大队副政委（原红十七师五十团团支书）江勇为带领十几名当年在这驻扎过的同志打前阵，查看了军区桥、红军炮台，专程慰问了当年冒死为红十七师送情报、带路，组织群众给红军送饭的画坪籍县、区苏维埃政府负责人樊梅生、桂清林、冷道东的家属，专程到了在突围战斗中牺牲且安葬在画坪的几十位红十七师战士墓前扫墓祭拜，还专程到休整期间为红十七师指战员让房、让床、捐款、捐粮的每一个村子致谢。

图 7－1　红十七师烈士墓群，位于画坪列宁小学后山，路旁已立石碑。

江勇为在三圣侯王殿召开抗日救国动员会，反复对村民们说："感谢你们！没有你们当年的冒死相助、无私奉献，就没有红十七师到陕北，更没有我们今天站在这里与你们一起说话。"当听到红军撤退后国民党反动派疯狂地对苏区"清剿"，反复放火烧山、烧屋、杀人，几乎当年参加革命的同志都被杀光了，江勇为等人立即肃立向烈士默哀！哀毕，他对乡亲们说："我们回来就是要为你们做主，团结一切可以团结的力量，将日本强盗赶出中国！我们的大部队就在后面，我们的部队叫南下支队，就是当年的红十七师。"

图 7－2 抗日救国动员会遗址——三圣侯王殿上厅堂

随后,江勇为又组织了上百名战士开展为民服务活动,拓宽了从全丰江家坳到画坪军区桥的道路 40 多千米,加固大小木桥 20 多座,修复加固军区桥的桥面与桥顶,修复了扶梯窝通往柞树坳的坡道上 133 个石台阶缺损部分,打开了国民党路口乡公所的粮仓,将粮食分给贫困群众。南下支队还到杨家窝红十七师烈士墓前扫墓,随后组织画坪群众在桥头三圣侯王殿观看文艺演出与全丰花灯,利用演出的机会向群众宣传我党的抗日主张和国际反法西斯战争的胜利,宣传八路军、新四军抗击日寇的胜利,揭露国民党当局假抗日、真反共、搞摩擦的真相。

他们沿路用石灰在墙上写标语:“打倒奸淫掳掠的日本强盗!”“反对抓夫捉兵!”“中国共产党是民族的救星!”“发扬革命传统,争取早日将日本强盗赶出中国!”

短短两三个月,南下支队与画坪人民建立了深厚的情谊,画坪群众热情地为部队送情报、运军粮、提供食宿,踊跃报名参军。慕珩屋何秀英的第三个儿子何三长与烈士桂清林的胞弟花仔都加入了南下支队。

江勇为简介

江勇为（1913—2008），江西莲花人。1931年，由共青团转入中国共产党。1933年，参加中国工农红军，任红六军团十七师五十团文书、二十三师七十团三连支部书记、红军学校高干队支部书记、红六军团教导团俱乐部主任、红军学校政治部宣传科科长、红六军团总务处处长，参加了长征。抗日战争时期，历任八路军一二〇师三五九旅七一七团营政治教导员、七一八团政治处主任、旅政治部组织科科长。1944年，任八路军南下支队第二大队副政治委员，率部回到画坪，祭拜英烈，访问故旧，建立抗日根据地。解放战争时期，任中原军区第三五九旅七一八团政治委员、吕梁军区政治部组织部部长。1947年起，任西北野战军第二纵队政治部组织部部长、第三纵队政治部副主任。1949年，任第一野战军第三军政治部主任。参加了榆林、沙家店、延清、宜川等战役。新中国成立后，历任解放军总政治部组织部组织处处长、海军青岛基地政治部副主任、海军学院干部部部长、海军后勤部副政治委员、科研部政治委员、国防部第七研究院副政治委员、福州军区二一四指挥部副政治委员。1955年授予少将军衔。

第二节　皮定均访贫问苦

一、皮定均访问画坪

1966年春，福州军区副司令员皮定均率领工作人员从古市公社出发，一路步行登山，来到画坪视察。皮定均召集公社负责人、苏区老同志代表、贫下中农代表，在画坪三圣侯王殿召开恳谈会议，了解老百姓的生活状况，询问老百姓有什么困难，了解当地干部的工作作风等，与大家一起学习毛主席著作《关心群众生活，注意工作方法》，强调为人民服务的思想。

图7－3　1966年福州军区副司令员皮定均在画坪召开恳谈会议旧址——三圣侯王殿下厅堂

皮定均简介

皮定均(1914—1976),安徽省金寨县代家岭人。在军旅生涯中,历任红军连指导员、营教导员、红军大学上级指挥科副科长、步兵学校营长、教导师第二团团长、八路军第一二九师特务团团长、军分区司令员、支队司令员、纵队旅长、纵队副司令员、野战军副军长、野战军军长等职。先后参加了鄂豫皖苏区反"围剿"、川陕苏区反"围攻"、长征、中原突围、孟良崮战役、莱芜战役、豫东战役、淮海战役、渡江战役等。中华人民共和国成立后,历任解放军第二十四军军长、志愿军第九兵团军长、福州军区副司令员、兰州军区司令员、福州军区司令员等职,参加了抗美援朝战争。1955年授予中将军衔。1976年7月7日,在福建指挥军事演习时不幸遇难殉职,年仅62岁。

二、将军来到小山村

1966年元宵节刚过,福州军区副司令员皮定均与秘书李振华、保卫干事朱紫贵和干警余昌让一行4人，乘一辆北京吉普，轻车简从，来到赤江公社福联大队第五生产队——幕阜山深处的一个普通的小山村。他在这里工作、生活了一百多个日日夜夜，给小山村的人们留下了许多感人至深的回忆。

1. 将军与畚箕

最初几天，村民们都用神奇的眼光打量着这位叫老皮的工作人员："老皮绝对是个大人物。"精明的山里人肯定地说。

老皮一行4人住进了社员罗瑞方老汉那破旧低矮的农舍，隔三岔五，总有小汽车来到这个小山村找他。吴坪大队的工作队员周漫天，见了老皮腰板挺得笔直，毕恭毕敬。有一次周漫天不知做错了什么事，老皮大声批评他，周漫天立正站着，大气也不敢出。

老皮到底是个几品官呢？山里人纳闷了。几天后，老皮的行动却让山里人更纳闷。一天清晨，当晨曦刚刚勾勒出小山村模糊的轮廓，几只报晓的雄鸡还在底气十足地吟哦着黎明，早起的山里人突然发现：在村里那条铺着一层薄霜的青石板山路上，老皮肩上扛着一把锄头，小余挑着畚箕跟在后面。每发现路上有粪，老皮就让小余放下畚箕，然后双手拿锄，弯下腰去，把粪认真地刮进畚箕内，然后又挑起畚箕慢慢地往前搜寻。待那畚箕装满了，便倒入路边的稻田里，然后再捡。一天两天，十天半月，直到端午节前后，无论刮风下雨，只要老皮没出去开会，小山村每天清晨都能看见老皮捡粪的身影。

久而久之，村里人训斥自己贪睡的孩子，几乎都异口同声地这样说："懒鬼，还不起来，老皮都捡了几畚箕了！"

瑞方老汉逢人便说，老皮一点儿也不娇贵，我吃薯丝饭，他也跟着吃薯丝饭，还边吃边说这薯丝好吃。老皮还说："都是娘生爷养，你吃得，我也吃得。"

老皮到大队部开会，在那个20多岁、嘴上没毛的刘姓工作组长面前，照样子丑寅卯、有板有眼地汇报。

小队开会，老皮总是准时到。老皮有个日本进口的袖珍收音机，在那年头也算个稀罕物，里头又广播又唱戏。听到高兴处，老皮也和村民们一道放声大笑。

队里的劳动，老皮争着参加，栽禾、栽薯、锄棉花、耘禾，老皮干得挺在行。

老皮还上山给瑞方老汉砍柴呢。

慢慢地,村里再没人去考究老皮官属几品了。

2. 将军与牛鼻栓

瑞方老汉背驼得厉害,走起路来背朝天,两眼盯地似寻针。他的身体不太好,队里安排他放水牛,水牛性子烈,瑞方老汉就用两根粗铁丝穿着牛鼻。

老皮发现了,不动声色地找来一截竹片,削成一个牛鼻栓,交给瑞方老汉说:"给牛换上,试试看。"

瑞方老汉接过一看,牛鼻栓像车磨过一样光滑,安在牛鼻上挺好使,一看就是内行削的。瑞方老汉的那双老眼立马瞪得牛眼大:"怎么,老皮,你还会这门道?"老皮笑着点点头:"我本来就是放牛娃出身!"

老皮发现不少地方的牛是用铁丝穿鼻。这位放牛娃出身的将军,6 岁就开始给地主放牛,深知牛是农民的宝贝。他动情了,心痛地在全县工作大会上讲到牛鼻栓的问题,不少当年参会的干部,至今还对老皮那带着浓重安徽口音的话语记忆犹新:"……在山沟里,耕牛为王,而现在却有个怪现象,农民不爱惜牛,不少地方用铁丝穿牛鼻,把牛鼻扯破了,牛还怎么耕田?同志们,牛是农民的宝贝,要教育他们看重耕牛……"

周世忠来向老皮汇报工作。老皮问他:"会削牛鼻栓吗?"这位福州军区参谋长摇摇头,老皮就手把手地教他。后来,周世忠削的牛鼻栓也像模像样了。

3. 将军动怒了

村里人慢慢摸清了老皮的脾气。老皮对干部,特别是对军队干部挺严厉,批评起来毫不留情;而对基层干部和群众,却挺和善。

可是,有一次,小山村人发现,老皮发火了,挨训的是一个刚退伍不久的拖拉机手。平日里慈眉善目的老皮,发起火来挺吓人。

事情是这样的:开春后,下山村里一头牛病死了,耕牛一时显得很紧张。春差日,夏差时,老皮知道后挺焦急,忙问大队书记徐世宝有什么办法。徐世宝说,县拖拉机站有拖拉机,就是不肯来。老皮说,我打个电话,叫他们来辆拖拉机。

老皮从公社开会回来,见一辆拖拉机停在田埂上,车身干干净净的,一点泥巴也没有，拖拉机手不知去向。

老皮问徐世宝是怎么回事。徐世宝说：“我也不晓得，可能是没招待好。”

老皮那张脸旋即憋得通红。他一言不发，转身就去给县委书记打电话，限拖拉机站站长带着拖拉机手于当日中午 12 点半以前赶到小山村。

12 点未到，县拖拉机站站长尹方珠带着拖拉机手汗流浃背地来了。

老皮板着一张脸站在拖拉机旁，一见他们，气不打一处来，先狠狠地训了站长一通，什么对职工思想教育不严啦，什么支农观念淡薄啦，然后走到站在后面低着头的拖拉机手面前，见他穿着一身没有领章、帽徽的军装，便问：“你是怎么到这里来的？”“我是退伍回乡，刚退伍不到一个月。”拖拉机手嗫嚅道。“你在什么地方当兵，什么部队，什么兵种？”“福建，福州军区××部队，装甲兵。”“好哇，你小子！我知道你的部队，驻在××，你小子是××团长的部下，你们团长是我的部下，他带兵历来要求是很严格的嘞。你现在军装还没脱，就把我们部队的作风丢啦！”

突然，老皮雷鸣般一声喝：“我现在命令你，上车，下田！”“是！”退伍兵赶紧抬头挺胸，响亮答应。他“啪”地立正，行了一个标准的军礼，然后转身，跑步上车。拖拉机带着马达的轰鸣，在田野里犁起层层泥浪……

老皮的火气似乎小了些，转身对徐世宝说：“中午搞点地瓜丝、青菜就行。不要搞特殊化，他们是来为我们服务的，修水人为修水服务，哪有那么多条件！”

被老皮训了的那位拖拉机手，中饭也没吃，流着眼泪开着拖拉机一直犁到天黑，半天多就犁了十多亩地。

经过这件事后，小山村有点文化的人终于明白老皮就是中原突围中的那位赫赫有名、威震敌胆的英雄旅长皮定均，就是 1955 年授军衔时，毛主席亲笔批示“定均有功，由少晋中”，被破格授予中将军衔的那位传奇英雄。

4. 将军几时归

端阳刚过，老皮要走了。

老皮离开小山村的前一天，小山村里家家户户都到了。老皮情深意长地向他们话别。

第二天，大家扶老携幼，以最隆重的方式依依不舍地欢送老皮，直把老皮送到赤江河的趸船边。

“老皮，你走以后一定要回来看看啊。”

“好哩，我一定会回来的。”老皮的眼也湿润了，动情地对乡亲们说，“欢迎乡亲们到福州去看看，去时别忘了在火车站给我挂个电话，我会派人来火车站接你们……”

说完，老皮拱手向乡亲们告别。

瞬时，赤江河边哭声一片。

幕阜无语，修河无声，静静地记下了这动人的一幕。

如今，老皮当年带着工作队员挖的那口水井旁，老皮亲手栽下的那棵被乡亲们称作“将军柳”的柳树已浓荫如盖、垂丝婀娜，树干已有合抱粗了。老皮亲手栽下的枇杷树、板栗树、梨树，也硕果累累。

1975 年春，老皮捎话来，他要回小山村看看，看看乡亲们，看看他亲手栽的树。正当村民们欢天喜地地凑鸡蛋、凑鸡，准备好好迎接老皮时，突然传来噩耗：老皮在指挥福建前线陆海空三军联合军事演习时，飞机失事遇难。

小山村家家户户非常悲痛。人们自发地聚在“将军柳”旁，默默地朝东南方向垂首默哀。随之，“将军柳”下腾腾地燃起了堆堆焚烧着的纸钱，村里人用古老的方式悼念他们心中崇敬的将军。

第三节　吴咏湘回忆修水

在 1935 年的高枧战斗中，一颗子弹从我右臂膀的一边穿进去，带着一个很大的喇叭口，从另一边穿出来。当我倒下去的时候，一颗手榴弹正好又在我右面爆炸。于是，我完全失去了知觉。

不知过了多久，等我神志恢复，耳边的枪声已停止。睁开眼睛，发觉自己正倚着一棵老橡树，躺在大森林中的一块小空地上。我的右臂、左手和右边臀部，都已被包扎好，虽然痛得不怎么厉害，但浑身上下一点儿劲也没有，一双手和半边身子不能动弹。

太阳已落在西边的山谷里,大森林里一种暗淡的颜色越来越浓厚,到处在升起那种讨厌的暮雾。我用力把沉重的眼皮抬高点,才发觉,战士们在附近蹲着或坐着,正在十分匆忙地吃着东西。

“连长,你醒啦!”冷不防,身旁响起一个童声。我侧过脸一看,才发现紧靠在我身旁,还坐着一个人哩。刚才光注意远处,竟一点儿也没发觉。

“你醒啦,好啊,好啊。肚子饿了吧……”他一面热情地说着,一面放下手里的一只小洋瓷茶缸,“你等等,我马上就回来。”他拿起另一只大一点的洋瓷茶缸走了,那只茶缸是我的。

“这人是谁呢?我们的侦察连又上哪里去了呢?……”我正在想着,这人又喜滋滋地跑来了,身后还跟着一个人。走近了,我才看清后面的是师参谋长。

我挣扎着想坐起来,参谋长已蹲下身子把我轻轻按住,说:“吴连长,不要起来,能争取时间多休息一会儿就多休息一会儿。”我顺从地躺下,从参谋长的话里,我猜测出部队可能马上要转移,那我这副模样……

果然,参谋长的语气变得沉重起来:“你们的侦察连已由师部侦察参谋带着,出发去执行任务了。部队吃完饭,马上要转移。组织上已决定把你留在这里养伤。”参谋长说完,指了指那个人:“这是从卫生队调来的卫生员,负责给你治疗,照顾你的生活。”

我不禁把这人仔仔细细打量了一番。这时,我才看清楚,他不过是个十四五岁的孩子!褪了色的八角帽上缀着一颗新的红布五角星,显得更是鲜艳。五角星下,是一张圆圆的、胖胖的脸。因为挂着笑,那对乌黑的眼睛更深地躲进丰满的脸颊里去了。鼻子也是圆圆的,还有点往上翘,好像一个小蒜薹。他穿着一件蓝色上装、一条浅蓝色军裤,打着一副深蓝色的绑腿,脚上穿一双用阔叶草编成的草鞋。衣服虽旧,但洗得很干净,显得很神气。最显眼的是他腰上扎的皮带。这原是国民党高级军官的三角武装带,被他搞来后,去了那条背带,大约还嫌长了点,又剪去一段,打上新的孔。他个子矮而胖,宽松的皮带紧紧地捆着,正中的铜头被他擦得明晃晃的,格外衬出他全身这副打扮的神气,使人感到:这是个很会过日子的小鬼哩!

图 7－4　修水县境内修河画坪段

我正对我的新伙伴看得出神，参谋长又说道："这里离山下的村子不远，明天天亮前，你们也得离开。再往山上走，可以找到地方党员们住过的小草棚子……"

一个警卫员跑来，向参谋长报告：部队要出发了。我心里一阵紧张，参谋长已发觉，替我扶正一下帽子。

"不要难过，我们一定会回来的！"他一字一句地说，"那时，我给侦察连的第一个任务，就是上山来找你们！"参谋长又向我的新伙伴叮咛了几句，就走了。没走几步，他想起了什么又转身回来，摸出自己的烟袋，扔给我的伙伴，对我笑笑说："你这个烟鬼，全给你了！"

我们的部队走了，悄悄地隐没在这昏暗的大森林的远处，隐没在这越来越浓重的暮雾里。他们走了……

"连长，粥汤要凉了，我来喂给你吃吧。"这声音是那么的恳切。我抬了抬头，望着我的新伙伴，觉得有了巨大的依靠。"小同志，你叫什么名字？"

"我叫修水，连长。"修水？好奇怪的名字。我不禁自言自语了一声："修水？""嗯，修水。"他的声音突然低沉下来，"听说，妈妈在修水河上生的我，后来人家就叫我修水了。"

"你生在修水河上，为什么是'听说'的呢？"我充满好奇，"修水，你姓什么？

你的爸爸妈妈呢?”

“我不知道……”修水背过脸去,有点呜咽地说着。我非常后悔,竟在无意中挑起了他的伤心事。是啊,每一个红军战士,谁没有一段带着眼泪的身世!

我不知道说什么好,两个人都沉默起来,只有山风在树梢上呼呼地吼叫着。

“修水,我们吃粥汤吧。你吃,我也吃,我们一起吃。”我总算想出了一句话。他用手背擦了擦眼睛,转过脸来:“我已吃过了。连长,你的手不方便,我来喂给你吃。”他像大人哄孩子一样,可是睫毛上还有一颗泪珠没擦掉。

“修水,我叫吴咏湘。你以后叫我的名字,或者叫‘老吴’,好吗?”修水天真地笑了:“好的,老吴。那你快把粥汤喝了吧。”我也说:“好的,修水。”

天已完全黑了,我们决定就在这松树底下过夜,等天一亮就向山顶走。

我们不敢生篝火,修水找来了一些干草,给我垫在身子下面,照顾我躺下。我把身子挪到一边,让出一半地方:“修水,你也休息吧。”

“不,老吴,你睡吧。”他边说边在身上的小饭包里摸啊摸,摸出两个手榴弹,一个挂在腰间皮带上,一个握在手里。他打开盖,取出弦线上的小铜圈,套在无名指上,然后挨着我坐下,不时警惕地向四周观望。

“修水,你也休息吧。我这人睡觉时很容易惊醒,一有动静马上就会醒。不要紧的,你也躺下来吧。”

“不,老吴,你睡吧。”他重复着这句话。我再说,他也不听。我只好作罢。一闭上眼,我就睡着了,但很快又被冻醒了。

冬天还没有完全过去,在这深夜的山间大森林里,山风像针刺一样不停地刮来,夜露像冰水一样盖下来,而我们身上既无棉被,更无棉衣。猫头鹰在树上凄厉地叫着,狼在远处哀号着,大树在寒风中颤抖着……深夜的山间大森林啊!

修水到底年幼,经不住这种寒冷的威胁,他浑身抖着,显得十分不安。我不能再睡了,咬咬牙把身子支撑起来。“修水,你去找点干树枝,我们来烧些火,取取暖吧……”

“点火？能行吗?”

“不要紧,深更半夜,白匪不会到大森林里来。点了火,还可以防防野兽。”

他犹豫了一下,就把手榴弹放好,去抱干树枝了。篝火燃烧着,修水的圆脸又红润起来，但他确实是疲乏了。我们就在篝火边、干草堆上，倚着大橡树，拥抱在一起，用彼此的身体互相温暖，抵御着这深夜的寒冷。渐渐地，我们把一切都忘了。

当起得最早的鸟儿开始叫嚷的时候，我们也醒了。修水又去抱来一些干树枝，还从溪涧里盛来两茶缸清泉水。“老吴，我来生火，我们煮点米粥，吃了再走，好吗？”

“谢谢你，还是先让我吸袋烟吧！”我笑了笑。

“啊，我倒忘了。”他急忙把茶缸放下，帮我拿出那根小竹烟杆，“参谋长关照过我，说你一天不吃饭不要紧，不抽烟可不行，是真的吗？”

看他那认真的样子，真把我当作一个十足的烟鬼了。

我吸烟，他生火。烟吸光，火已生得很旺了，修水动手烧粥了。他带着两条装满的米袋，一条比较大，另一条比较小。我很奇怪地望着他，他打开大米袋往大茶缸里放米，打开小米袋往小茶缸里放米。这难道是因为好玩吗？我忍不住问他。

“大米袋是领导分给你的粮食。”他很认真地说，“小的那条是我的。”

“你呀，修水！”

他望望我，笑笑，开始烧粥。等我们把又热又香的粥喝完，树林里已亮了，太阳也快升起来了。肚子里有了热的食物，身上就生出不少力气。

“修水，你帮我找根树枝，我们就好走了。”

“我来背你，不用找树枝。”

“这怎么行，不行！你还是帮我找根树枝吧。”

修水显然是个轻易不改变自己主张的孩子，可是这一回，我比他更固执。他不同意我的主意，我就不走。他拗不过我，只好给我弄了一根树枝来。

我臂部的伤不十分重，左手只伤了手指，右臂膀伤的也只是肌肉。我咬咬牙，就拄着新做的拐杖，由修水扶着，开始上山去寻找我们的“家”——那个不知在何处的小草棚。

爬过了一个山坡，已经没有路了，树林显得更加荒凉，也不知道这里离山顶还有多远。

走走坐坐，坐坐走走，急行军半个小时就能走完的路，我们竟从早晨直走到中午时分。我们爬上了黄龙山的一个高山峰。这个山峰长得很怪，活像是这座山长出来的一个大瘤，往斜面刺出去。

图 7－5　湘鄂赣三省交界的幕阜山脉主峰——黄龙山

我们坐在山峰凸出部分尽头的树丛里。通过树干，一眼可望到很远很远的山谷下面。多深的山谷啊！它好像是没有底的，到处是绿色的大树，我们就像蹲在这树海中的一个小岛上。

忽然，天上一亮，一块厚云散开了，头顶上的太阳露出脸来。遥远的绿树丛中，有条带子似的东西，迎着这强烈的阳光一闪。“这是什么东西？”

“这就是你的摇篮哪！”我说，“修水河哟。”

“真的？是修水河？”修水一听这话，便站起来，踮起脚尖，露出一副向往的神色，“真是修水河……”他呆呆地望了一阵，忽然转过头来问我：“老吴，将来我们把白匪打光了，你想干什么活呢？”

“到那时再说。”我说。

“我可是已经打算过了，打光了白匪，我要到修水河上去撑船。我早已决定了！”

我怕又会勾起他的伤心事，就站起来：“我们再走一段路，找个隐蔽的地方，烧点饭吃，好吗？”于是，我们又踏上了征程。

巍峨的幕阜山，它有多大，我们不知道；它有多深，我们不知道；它有多高，我们不知道……我们也不想知道，我们只盼望能找到我们心目中的那个“家”。翻过一岭又一岭，爬过一坡又一坡，可是我们的“家”在哪里？它离我们还有多远？在这密密的森林里，我们就像漂浮在茫茫的大海中一样。三个昼夜艰难地在我们身边过去了，修水的胖脸开始凹陷下去，他面颊上朝霞似的红晕也消失了。我心里涌起一阵不安，觉得十分难过：唉，多么好的一个孩子，是我拖累了他。

“你怎么啦，老吴？”修水瞪着机警、不安的眼睛，“是不是伤口又痛了？”

我知道，我如若说出心里想的那个念头，他准会生气的。也真是，被他这一问，我好像觉得伤口突然地疼痛起来，就顺势点点头：“就是右面的臂膀有一点点痛。”

“来，我们先换一次药吧。”他生起篝火，又盛来两茶缸清泉放在火上煮，然后从小饭包里拿出一瓶碘酒、一个探针、一些纱布——这是我们仅有的医疗设备和药品。

修水动手解我右臂膀的纱布。哪知道渗透了脓血的纱布，已牢牢地粘在烂肉上，揭动它，就好像在剥我身上的皮。可是纱布不揭开，伤口怎么洗，药怎么换呢？我咬紧牙关，浑身上下每条青筋都突起来。“我慢慢揭，老吴。”

“不要紧，修水，你使劲好了！”纱布一揭开，伤口便露出来，只见一团墨黑的烂肉在往外渗出乌黑的脓血。我心头一惊，想不到伤口成了这副模样，看来这条臂膀是完了。

心里刚蒙上这层阴影，我猛地想起修水。组织上把我的治疗和一切都交给他了，对他来说，我的一切就是他的责任。我不能让他担心发愁，就笑着说道：“不要紧，没什么！”

“不要紧，没什么！”不料，他也说出这句话来。我们几乎是异口同声，互相安慰着。

“要是有点麻药就好了。”

“修水，你动手洗吧，”我带着鼓励的口吻，“这点伤口算不了什么！”

水已烧开，他用干净的纱布蘸着热水，开始洗伤口。一面洗，脓血就一面流，越洗越多。

“我看，得把烂肉清除掉才行。”

“修水，你瞧着办好了。”我把臂膀向他靠拢一些。

修水把一小块纱布扎在探针上，然后插到伤口里去。这一下简直好像有一把刺刀，插进我的胸膛。我喘不过气来，身子止不住地像冷风里的树叶一样颤抖起来。

伤口就这样被清洗着。洗好以后，修水往伤口处塞入一条在碘酒里浸过的纱布，然后包扎起来。浑身冷汗的我像是洗了个澡，这时伤口虽然舒服了一些，但仍像有无数根钢针在里面刺着。修水把换下来的脏纱布洗干净，晾在树枝上。一切都收拾好，他挨着我坐下，望着我：“好一点了吗？”

“不痛了。”我说，“修水，看把你累的。烤烤火，你睡吧。”

他又盯着我的眼睛：“你骗人！伤口一定还在痛。我给你轻轻揉揉。”

“不，不。”我怎么也不能再让他辛苦了，就又撒了一次谎，“碰着它，更加痛。修水，你睡吧。”他想了想，忽然扬起脸，露出一副天真的神色：“还早呢。老吴，你听过关于修水河的歌吗？我来唱给你听。”

说句老实话，伤口越来越痛了，哪有心思听唱歌啊。但我不能扫修水的兴，就装出高兴的样子，还拍了几下手：“欢迎！”

修水在篝火上又添上几根树枝。新加上的树枝在火里噼啪作响，火苗更旺地蹿起来，把他的脸照得绯红。我们挨紧坐着，背靠在老橡树巨大的身躯上，修水开始唱了：

幕阜山下有条河，
滚滚河水流不枯，
河水流啊流不枯，
哪有船家苦处多。

我还是头一次听到修水的歌声，他的嗓子有点沙哑，歌声甚至带点涩味，可是却充满着一股深沉的感情。我又想起了他的身世，我再也忍不住了：

“修水，你怎么生在修水河上的，能告诉我吗？”

“我也不清楚，只是听埃姬（编者注：埃姬，方言，普通话中的奶奶。）说，”他往我身边紧挨了一下，低低地说，“爸爸是船工，妈妈在船上给船主烧饭，我就生在船上。”他停顿了一会儿，声音更低沉了：“有一次，船不知靠在哪个大码头装货，管码头的恶霸看中了我妈妈，买通当兵的，把爸爸捆去当兵。妈妈，她……她抱了我，跳进修水河……妈妈。”他低唤了一声，转身像小孩子一样伏在我怀里哭了。他没哭出声，在饮泣，浑身都在抽搐着。苦命的孩子啊！我早已忘了痛，右手竟异乎寻常地有了力气，在他肩上抚摸着。

“后来，”他一面饮泣，一面又说，“一个孤苦伶仃的埃姬，在河边把我捞起来。她就把我养着。去年，埃姬又死了，正巧红军路过……”

“修水，不要难过，”我说，“我们都有一笔仇，总有一天会报的！”

“老吴，你不知道。”他的肩膀一耸一耸的，“别人有仇，都知道仇人姓什么、叫什么、住在哪里。可是我，我连自己爸爸妈妈的姓名，也……也不知道啊。爸爸要是没有死，妈妈要是还活着，我们要是能见面，也……也不认识啊！”说到这里，修水大哭起来。

“不要难过，修水。”我除了抚摸他的肩膀，不知再怎么才能表示出我的同情和安慰，“总有一天，蒋介石会被我们打倒。到那时，所有的恶霸、地主，都要被我们一个个抓起来严办，害你一家的那个恶霸，也逃不掉的。修水，你说对吗？”

“嗯。”他带着哭腔，轻轻地应了一声。渐渐地，他的肩膀抽耸的次数少了，他饮泣的声音越来越低了。

“修水，你睡着了吗？”没有回答，他睡着了。

谢天谢地，第四天中午，当我们爬上一道山岗的时候，在一片矮树林的空隙中，发现了一个被风雨折磨得千疮百孔的草棚子。我们的“家”终于找到了！这种草棚子，在山下是见不到的。两根丈把长的树干交叉起来作为进出口；另一根长一点的粗树干，又做屋梁又做墙架。我们一直忙到太阳下山，总算把树枝、茅草拼成的墙壁补好，又用干草在里面铺了一张床，床前挖了个小坑，支几块小石头，作为火炉和饭灶。“家”布置好了，修水就生火开始烧饭。我们并肩坐在床上，望着不断蹿上来舔着茶缸底的火舌，呼吸着新鲜树枝和阔叶草散发出来的清香，听着茶缸里扑扑跳动的声音，心头充满着温暖。

生活安定了，心情愉快了，伤口也好起来了。我右臂的伤口已开始收口结痂，我们非常高兴。但是我们的快活生活没有维持多久，新的困难接踵向我们袭来。首先，我的烟袋见了底，一小瓶碘酒也紧跟着快要用完了，而几条纱布换了洗，洗了换，已成了挂面似的条条了。没有烟抽，算不得什么。没有药和纱布，伤口可就成问题了。白天，我看到修水罩着乌云似的脸色；夜晚，我听见他翻来覆去的声音，这些都更使我小心翼翼地控制自己的神色。

“修水，来，再唱个什么歌，好吗？”我装出一副兴趣浓厚的样子。

“我要去洗纱布哩。”

有时，我好不容易编出了一个不知道能不能使人发笑的笑话，就喊他道：“来，修水，我来给你说个笑话。”

“我要去找点干树枝，家里柴火没有了。”他又拒绝了。

唉，有什么法子能使我的伙伴高兴起来呢？我装出来的笑容大约是笨拙的，一点也不能瞒过他。我完全懂得，他在为我担心，他在因为自己没有办法照顾好我而难过。然而，这怎么能怪他呀！

有一天下午，太阳很大，修水不知蹲在家门口捣鼓什么东西，轻轻地传来石头和石头相撞的声音。我想起中午时候，修水曾对我笑了笑，好像心中揣着什么宝贝，但时辰未到，不能揭晓。我本想趁机和他开开玩笑，不料他一吃完饭，就急着拿茶缸去洗，以后就没有回到家里来，老蹲在门口搞石头片。

睡了一觉醒来，太阳已斜着把右边的树荫摊在家门口。修水一手拿着我久久不用的烟管子，一手托着一包什么东西，喜滋滋地说：“你醒啦，来，抽抽这个，试试看。”

我一看，那包里是一种褐黄色的东西，颜色和模样都和烟丝差不多。

“烟丝？”我很惊讶，“哪里弄来的？”

“我看到杉树皮的颜色，和你抽的那种烟丝差不多。”修水咧着嘴说，“我就掰了一些来，晒了个太阳，刚才把它碾碎了，样子和烟丝差不多。你抽抽试试，好吗？”

树皮怎么能当烟丝吸啊，修水可真是个孩子，但我不能拂了他的一片好意和苦心，忙说：“好哇好哇！对对！抽抽试试。”

他帮我满满地装了一锅，点上了火，我就认真地吸起来。真没想到，晒干碾碎了的杉树皮，抽起来居然也是满嘴烟雾，勾起了我那苦熬已久的烟瘾。我狠狠地把烟雾吞咽了下去，颜色变淡了的残烟，从鼻子里冒出来。我只觉得一阵满足，浑身上下异常舒坦，嘴里还遗留着一种真正的烟丝所没有的清香。

"行啊，修水，你怎么想出来的？"我大口大口地猛烈地抽起来。

修水比我更加高兴，他高声叫道："老吴，你的抽烟问题完全解决了。杉树皮有的是，你抽一千年也抽不完啊！"我们家里又充满了愉快的气氛。

"老吴，明天要是阳光好，我扶你出去晒晒太阳，好吗？"

"好的好的，"我说，"顺便把我们的家产也晒晒，它们恐怕也像我一样，要霉了哦。"我们傻笑了一阵。修水挨在我身边坐下，逼着我讲那个存了好久的笑话。

第二天，阳光果真很好。修水扶着我出了门，在门前的小空地上坐下来。阳光像一条条金色的光带撒满树林，鸟儿争着在叫。小松鼠在树枝上蹦来跳去，有时停下来，对我们呆望了一下，又转身一阵风似的溜得无影无踪。过一会儿，它们又在另一根树枝背后探出头来。对面远远的山岗上，两个獐子也在晒太阳。

修水把我们的全部家产——两个小饭包，拿出来，倒出里面的东西，放在太阳光下晒。

他一件一件地翻弄着，突然，他抓住一个小纸包，兴奋地捶着自己的脑袋，嚷道："啊，老吴，你说我该死不该死？该死啊，我这饭包里还有这么一包盐哩，我竟忘得一干二净。"

他这么高兴，我也就跟着高兴，但还不太知道一点盐又值得产生多少高兴。"老吴，没有碘酒，用盐水也行。真的，李医官对我说过，我也见过他用盐水给伤员洗伤口。"

我一听代替碘酒的药有了，也异常地快活起来，说："来，修水，我们再来仔细找找，说不定还会找出什么宝贝哩。"

两个饭包的东西，一转手就翻遍了，能再有什么宝贝！我包里翻出来一块擦枪布。前些时候打土豪时搞到一批土布，差不多有铜钱那么厚，每个红军战士都发一块作为擦枪布。我那块没有用过，还是崭新的。

我望着这块白土布，忽然也有了个念头："修水，你看，把这块布撕开，能当纱布吗？"

修水摸了一下白布，不自然地笑笑："用它来敷伤口，好肉也会磨破。唉，太粗太硬啦！"

下午，太阳钻进云堆里了，我就回家去睡觉。不知什么时候，耳边响起一阵阵"呼——呼——"的怪声，我细细一听，好像是小刀子在拉紧的布上来回刮着。声音来自门口，修水大概又在捣鼓什么了。"修水，你在做什么？"

修水跑进来，一脸得意："我在改造你那块擦枪布呢。"说着，他把背在身后的手向我摊开——一块新的纱布，这是被刮薄了的那块白土布。

"真难为你了，修水！"我们的生活又愉快起来，我右臂的伤已完全好了，已能够帮助修水做一些轻微的活。我想等臀部的伤口结痂，能走了，那就不愁了。即使左手残废，也多少可以做点事吧。正当我心里充满信心的时候，更严重的威胁已来到我们身边。

这天黄昏，修水照例煮米粥。起初我还没留意，等米粥煮好，修水不知为什么把大茶缸递给我，自己则拿了小茶缸到门外去吃。平时，我们总是并排坐在床上，边吃边说话的呀。

"修水，天黑了，你躲在门口干什么？"我喊道，"快进来。"

"我马上来。"他嘴里好像塞满了东西，在拼命往下咽。我奇怪起来，修水一定背着我在干什么，就故意把小瓢丢在地上："哎哟，瓢掉地上了。修水，给我拾一拾，好吗？"

"我马上就来。"可是，他却过了一会儿才进来，而且空着手进来。他替我拾起瓢，我顺势抓住他，他就在我身旁坐下。

"修水，告诉我，你在门口做什么？"我低声问。

"吃晚饭哪。"他装出若无其事的样子，但我在他说这话的时候，借着火炉里的光，看清了他满嘴都发绿，牙齿上还有一小片野菜碎叶。"今晚吃的什么呢？修水。"

"米粥呀！"修水显然根本不会撒谎，他脸都涨红了，头低了下来。

"你骗我，修水。"我把他拉得更紧了，"修水，把你的茶缸拿给我。"他望了望我，知道我在想什么了，头一撇，固执地说："这是拿大米袋里的米煮的！"

"什么大米袋小米袋的。修水，快把你的茶缸拿来。"

"我不，这是上级给你的粮食。"他顽固极了。

"什么你的我的！快，去拿茶缸来！"我急了，竟呵斥起来。

"我不……"

"好，你不，我也不！"我没有办法，假装和他赌气，"你不吃，我也不吃！"

修水见我生气了，有点慌。沉默了一会儿，他学着大人哄孩子的声音："老吴，粥要凉了，你快喝吧。我已经吃饱了，真的吃饱了呀！"

"我也饱了！"我有意咕哝了一句。

他又哄了我一阵，说着说着，哄变成劝，劝又变成哀求："老吴，你快喝吧……"

我不忍心再装下去了，一手扳着他的肩膀，自己也不知怎么的，长篇大论地说了起来："修水，为什么要分你的我的呢？你在这里，还不是为了我。我拖累了你，我不说，因为我知道你不爱听这些，我也不应该说这些。我们都是来革命的，都是为劳动人民服务的，对吗？你对我负责，我也要对你负责啊。修水，你要是病倒了，我的伤便没人照料，而且你也没有权利糟蹋自己呀。修水，我们都要活下去，我们的仇不是都还没有报吗？修水……"

我越说越啰唆，可是心里也越来越激动。修水静静地听着，紧紧地咬着嘴唇。

"你要再说什么大米袋小米袋，就是不把我当自己同志！"我又威胁似的说了一句。

"好了，老吴，不要说了。"他笑了笑道，"我这就去拿茶缸。"

我们分食了这缸米粥，还决定从明天起一天改吃两餐，中餐由米饭改成厚粥，晚餐一半米粥一半野菜。这样又过了五六天。

早晨，修水背了个空饭包去挖野菜，我躺在床上一个人在想，大米袋里的米也剩下不多了，吃完了只吃野菜能行吗？……我把唯一的希望寄托在我们的队伍身上。

"什么时候同志们能打回来呢？"

我正想得出神，修水气喘吁吁地奔进来，脸上露出喜色："老吴，老吴，我，我听到枪声了。"

我忽地坐了起来："在哪里？在哪里？"

"很远，在山下。"他用衣袖抹着额头上的汗水，"一定是我们的队伍打回来了，一定的，一定的。"

白匪不会无缘无故放枪，但是不是我们的队伍回来了还不能断定，怎么办呢？

"我到山下去一趟！"修水决然地说。唉，我这该死的腿虽然可以走动，但还是一拐一拐的。拐着腿下山，不要四天也得三天，到山下说不定同志们又转移了。让修水一个人去，我怎么能放心？他到底还是个孩子啊。"我到山下去一次，好吗？老吴。"

我看着他："你一个人下山？"

"嗯哪，一个人。"他点着头，"我算过了，我们上山走了四天，那时你刚受伤，我们走得慢。现在我一个人走，又是下山，比上山快，最多一天，就到山下了。如果真的是同志们回来，那就好了。要不是，我也要想法子带点吃的回来。还有盐，我们剩得不多了。回来走两天，最多就三天工夫，我一定能赶回来的！"

他一个人走这么远，我怎么也不放心。修水见我没吭声，误会了我的意思。他觉得蒙受了莫大的侮辱，激动得眼眶湿了，"老吴，你，你不相信我？怕我……"

"不，不，修水。不，不，好同志，我从来没有想过这个。"我觉得自己的眼眶也湿了，"修水，我只是为你担心啊！"

然而，不去也不行，我只好同意了他的意见。既然要去，他就要立即动身。我逼着他把米袋拿出来。米袋里剩下的米，照我们目前的吃法，还能维持一个人吃五六天。我留下三天的米粮，剩下来的逼着他煮好两茶缸米饭，把米饭捏成团包好，放在他的饭包里。

"修水，你就放心地去吧，米粥我自己可以煮了。"我伸出右臂活动了下，又拍了拍腿。

"这包烟，抽三天足够了，只是野菜还要去采一些……"

“我自己会去采的，不信，我走给你看。”我说着就要下床来，他急忙阻止。

“不要看，不要看。我想还是——”他想了想，“我现在再去采一些来吧。”

我一把抓住他：“要走还是马上就走吧，修水。”

一切都准备好了，修水又给我换了一次药，给我找来一根合适的树枝当拐杖。最后，他取出那两个手榴弹，分一个给我：“老吴，我去了。你自己小心，我三天之内一定回来！”太阳光照进我们的棚子，修水起程了！我拄着拐杖，一直送到山坡的尽头，望着他的背影渐渐消失在树林深处。

修水下山去了，他带去了我的半颗心，而另半颗心上压着一块沉重的石头。白天，我不想吃米粥；晚上，我睡不着。一天过去了，又是一天。天黑了，我就生起火，坐在篝火边，想着修水，他现在到山下了吗？天亮了，我就拄着拐杖，走到对面的岩石上，遥望着……

又是一天！第三天终于盼来了，我照例坐在那块岩石上，从早晨到中午，从中午到暮鸟归巢。修水还没有回来，山谷渐渐地暗淡、模糊了，树林也安静下来，四周一片沉静，我只能听到自己心跳的声音。

突然间，一个遥远的声音，梦幻似的传来，里面似乎还夹着我的名字。

“老吴——我回来了——”我的心猛烈震动，接着就怦怦一阵乱跳，像要跳出胸膛。

山谷也在喊：“老吴——我回来了——”修水，是修水，是他的声音，是他在喊！

我骤然站起，把全身的力量都积聚到嗓子眼：“修——水——我在这里！”修水回来了，他背着一个大包袱，挎着一个大饭包回来了！

我把篝火添旺，让修水放下大包袱，取下大饭包：“不许你说话，先休息五分钟。”

他笑了，我也笑了。虽然没有表，我还是相信我们都没有等满五分钟就憋不住了。他说：“老吴，我见到参谋长，还有侦察科长。可惜侦察连又先出发了，没有见到。”我迫不及待地问：“队伍住下了？”

“没有。”他摇了摇头，“我下山时，部队正睡得香哩。参谋长听说是我，连忙起床。他说，天一亮部队就出发。他还叫我告诉你，不出一个月，准回来。那时候,这一带就要重新建立苏维埃政权哩。”

火光映着修水的脸,他的脸像一个熟透了的苹果。“参谋长叫我们耐心等一个月,不,不用一个月就行了。老吴,你来瞧,参谋长给了我们这么多东西。”

他解开大包袱,一样一样地说着:“这是大米,这是一块腊肉,这是一块猪油,这是一包辣椒干。”他又忙抓过饭包,快活地嚷道:“这回,不但纱布充足,还有一大盒美国药膏哩。美国人帮助蒋介石打我们,没想到他们的东西到我们手里来了。”

我望着这一大堆东西,心里却仍在想着修水。这么多东西,他背着走了两天的山路。我情不自禁地说:“修水,你背了这么多东西,太累了!”

“不,不,”他急忙摇头,“我没累着,真的。参谋长派了两个同志送我的。本来这两位同志也要来看看你,因为怕落下队伍太远,赶不上,今天早晨我们分手的。”他说到这里,突然一声喊:“呀! 我把重要的事差点忘啦!”他边说边从饭包里摸啊摸,摸出一个半块肥皂大小的小纸包。那纸是一种不会渗水的油纸,我想一定是很名贵的东西了。

纸包打开,里面是一块硬硬的、黑里带黄的东西。修水高兴地笑着说:“这是侦察科长在一个土豪家没收来的,说是一种很贵很贵的外国烟丝饼! 参谋长叫我带给你。”

我拿起来放在鼻子边嗅嗅,一股涩中带苦、苦中带香的味道直冲脑门,舒服极了!

修水回来了,我们的生活“富裕”起来,再不用吃野菜了,有辣椒和腊肉。我们还有真正的纱布和药膏。

修水回来了,天气也越来越暖和,冬天已快过去了。我腿上的伤口愈合了,我已可以和修水一同到森林里去散步,到山坡尽头的岩石上去坐坐,遥望在对面山岗上闲庭信步的獐子、黄羊,还有那盘绕在山谷上空的苍鹰,和那浮动在高高的蓝天上的白云。

映山红从草丛里钻出来,爬满了山坡。白色的野丁香也紧跟着从岩石缝里探出身子。野紫藤给老橡树穿上一身紫色的新衣……深深的山谷里,隐隐地回荡着布谷鸟的歌声。

春天来到了幕阜山,我们的幕阜山哟!

当红十六师回到修水、平江一带建立苏维埃政权时,我的伤基本上好了。参谋长派人来寻我们回去。到军区的第二天,我奉命留在军区,修水则随着连队奔赴前线去了。

临走时,我握着他的手说:“修水,我等着你打了胜仗回来。”修水用力握着我的手,充满信心地说:“我们一定都能为革命立功的。老吴,庆功会上见!”

(本文选自中共修水县党史工作办公室、秋收起义修水纪念馆编《红色修水》2008 年第一、二期连载。原文标题《忆修水》。)

吴咏湘简介

吴咏湘(1914—1970),湖南湘阴人。1930 年,参加中国工农红军。1931 年,加入中国共产主义青年团。1932 年,加入中国共产党。先后任红十六军谍报员、排长、连长,湘鄂赣军区独立营营长,红十六师四十七团参谋长。参加了湘鄂赣苏区反“围剿”和三年游击战争。1950 年,任中国人民解放军第二十一军副军长、军长,1953 年率部赴朝鲜参战。1955 年,被授予少将军衔。在长期的革命战争中,多次负伤,1970 年因病逝世。

参 考 文 献

[1]中共修水县委党史资料征集办公室. 修水人民革命史[M]. 海口:南海出版公司,1989.

[2]晏迎春. 红旗漫卷[M]. 北京:作家出版社,2011.

[3]修水县文物保护管理局. 修水苏区风云录[M]. 南昌:江西高校出版社,2022.

[4]中共湖南省委党史研究室,中共湖北省委党史研究室,中共江西省委党史研究室. 湘鄂赣苏区史[M]. 北京:中共党史出版社,2016.

[5]中共修水县委党史研究室. 首届湘鄂赣苏区论坛文集[M]. 北京:中共党史出版社,2011.

[6]修水县志编纂委员会. 修水县志[M]. 深圳:海天出版社,1991.

附　　录

一、在画坪战斗工作过的部分革命领导人名录

姓名	籍贯	生卒年	在画坪时职务	新中国成立后主要职务	1955 年授衔
何长工	湖南华容	1900—1987	工农革命军第一军第一师参谋	全国政协副主席	—
彭德怀	湖南湘潭	1898—1974	红五军军长	国务院副总理兼国防部部长	元帅
江渭清	湖南平江	1910—2000	红七师团政委	江西省委第一书记	—
谭启龙	江西永新	1913—2003	湘鄂赣省苏维埃政府教育部部长	四川省委书记	—
邓　洪	湖南浏阳	1888—1969	湘鄂赣省苏维埃政府政治保卫局局长	江西省副省长	—
萧　克	湖南嘉禾	1908—2008	红十七师师长	全国政协副主席	上将
李　达	陕西眉县	1905—1993	红十七师参谋长	中国人民解放军副总参谋长	上将
傅秋涛	湖南平江	1907—1981	湘鄂赣省委副书记	中央军委人民武装部部长	上将
钟期光	湖南平江	1909—1991	湘鄂赣省军区政治部主任	军事科学院副政委	上将
张　藩	湖南浏阳	1909—2002	红十六师四十八团政治委员	兰州军区副司令员	中将

续表

姓名	籍贯	生卒年	在画坪时职务	新中国成立后主要职务	1955 年授衔
江勇为	江西莲花	1913—2008	红十七师五十团团支书	海军后勤部副政治委员	少将
刘玉堂	江西兴国	1913—1980	湘鄂赣省少共书记	武汉军区后勤部副部长	少将
吴咏湘	湖南湘阴	1914—1970	红十六师营长	中国人民解放军第二十一军军长	少将
王义勋	湖北阳新	1910—1996	红十六师连指导员	南京军区装甲兵副政治委员	少将
皮定均	安徽金寨	1914—1976	福州军区副司令员	福州军区司令员	中将
陈寿昌	浙江镇海	1906—1934	湘鄂赣省委书记（后牺牲）	—	—
何振吾	湖南浏阳	1900—1934	湘鄂赣省苏维埃政府主席（后牺牲）	—	—
严图阁	河南沈丘	1903—1936	湘鄂赣省军区参谋长（后牺牲）	—	—
高咏生	湖南平江	1908—1934	红十六师师长（后牺牲）	—	—
黎申庚	湖南浏阳	1914—1935	湘鄂赣省少共组织部部长（后牺牲）	—	—
甘特吾	江西修水	1898—1934	中共赣北特委委员（后牺牲）	—	—
樊明德	江西修水	？—1934	湘鄂赣省委委员（后牺牲）	—	—
杨柳春	江西修水	1908—1938	修通游击队队长（后牺牲）	—	—

二、画坪登记在册的革命烈士名录(96 人)

徐贤德	沈玉生	傅怀保	卢华昌	樊忠厚	桂太源
樊祖林	傅云生	傅来顺	徐南有	桂元善	徐恒发
徐生发	桂为贤	桂清林	胡雨全	冷道东	周界清
樊其言	樊折文	黎六道	胡春香(女)	桂道亨	胡武清
桂若枚	陈述英	胡安敬	陈民星	桂立言	晏文风
杨太云	冷耀林	冷贵英(女)	占禾英(女)	许日云	桂用我
丁金魁	匡仲水	晏品丹	桂仁考	桂映日	包加生
丁茂财	饶镇凡	王继员	段水根	桂云高	周水南
许林尔	冷观宝	桂菊英(女)	晏才生	黄在东	杨正齐
饶长英(女)	樊德安	傅木生	吴贵臣	卢池清	卢德超
何建明	何其昌	桂应方	何学朋	何云清	程明德
王生林	何生林	姜顺清	方少清	宋元发	傅正南
周水顺	黄国仁	何焕章	王成章	袁其太	汪自秀(女)
卢祥云	周贵兴	黄月香	卢茂发	胡先党	何焕然
何元清	黄炳焕	卢兴耀	杨杏林	吴自安	樊秀清
石丹清	卢冰生	何雪和	黎生发	卢贵臣	卢春菊

(注:本名录来自 1991 年版《修水县志》。)

三、画坪苏区革命遗址遗迹分布一览表

序号	原地名	革命遗址遗迹名称	所属今行政村
1	三圣侯王殿	修水农民运动讲习所旧址	画坪村
2	月华屋	红十七师师部与五十团团部驻地旧址	画坪村
3	慕珩屋	红十七师四十九团、省保安大队驻地旧址	画坪村
4	慕珩屋	湘鄂赣省军区敌情收集站旧址	画坪村
5	拖石	红三师师部驻地旧址	画坪村
6	何家老屋	红军独立二师师部驻地旧址	画坪村
7	桂竹埚黎家屋	湘鄂赣省军区红十六师师部驻地遗址	画坪村
8	桃峰寺	湘鄂赣省苏维埃政府看守所遗址	画坪村
9	大咀上燕窝	修水县委、湘鄂赣省特派委员会驻地遗址	画坪村
10	冷家屋	湘鄂赣省苏维埃政府被服厂遗址	画坪村
11	桥头	湘鄂赣省苏维埃政府赤色消费合作社南货铺、饭铺旧址	画坪村
12	沈家上屋	湘鄂赣省军区十六师四十八团遗址	画坪村
13	坳下	湘鄂赣省军区赣北独立团驻地遗址	画坪村
14	黄土铺	中共地下交通站旧址	画坪村
15	大咀上燕窝	修水县苏维埃政府第五次工农兵代表大会会址	画坪村
16	大咀上燕窝	修水县委宿舍旧址	画坪村
17	老屋场	红三师八团、湘鄂赣省保卫大队三中队驻地遗址	画坪村
18	桂竹埚千斤坪	湘鄂赣省军区训练所旧址	画坪村
19	周家坳	红三师伏击国民党军三十三师某团战地遗址	画坪村

续表

序号	原地名	革命遗址遗迹名称	所属今行政村
20	崖前洞	修水县保卫大队阻击战战地旧址	画坪村
21	慕珩屋下大沟	樊明德黄蜂战战地遗址	画坪村
22	响坳	湘鄂赣省军区炮台遗址	画坪村
23	响坳	七位红军伤员牺牲地遗址	画坪村
24	桥头沙滩	七位烈士就义遗址	画坪村
25	白石崖	六位红军勇士攀崖牺牲地遗址	画坪村
26	苏区八仙埂	红七师驻地遗址	苏区村
27	苏区沈家屋	修水县苏维埃政府金矿遗址	苏区村
28	苏区前官家岭	中共修水中心县委保卫大队驻地遗址	苏区村
29	苏区牛头岭	修水县苏维埃政府凉亭群遗址	苏区村
30	苏区枫篷坑	阻击战战地遗址	苏区村
31	古市下街	修水县苏维埃赤色消费合作社土特产销售点	古市集镇
32	古市游职塅	修水县苏维埃政府树篷遗址	古市集镇
33	古市上街	修水县苏维埃政府金银加工店旧址	古市集镇
34	画坪	湘鄂赣军区桥旧址	画坪村
35	东山傅家祠堂	列宁小学遗址	东山村
36	月塘冷家祠堂	列宁小学遗址	月塘村